INGRID WIMPEL

Verliefd op Capri ♥

Verliefd op Capri

INGRID WIMPEL

Jojo Publishings

VERLIEFD OP CAPRI

VOOR MIJN OUDERS & CO

Dank aan Fred & Fransje,
Moentje, Sas & Co, Gras & Co
voor jullie eeuwige geduld en motivatie tijdens mijn schrijfavontuur.

1

Vol verwachting rijdt Olivia de veerboot af. Het moment waarop ze zich al weken heeft verheugd is dan eindelijk hier. Ze heeft haar reis naar Capri, zoals ze met alles doet, zorgvuldig voorbereid. Ondanks dat het werkgerelateerd is, is ze het steeds meer als een minivakantie gaan zien. Een plek ver weg van alle drama van de afgelopen maanden. Een adempauze. Daar had ze meer behoefte aan dan ze aan zichzelf durfde toe te geven. Tijdens elke nieuwe uitwerksessie voor de Capri-opdracht groeide haar enthousiasme en nieuwsgierigheid.

Het voelt als een waar paradijs. Eenmaal van de veerboot parkeert ze langs de weg om de schoonheid van het eiland in zich op te nemen. Haar blik dwaalt omhoog naar de immens hoge en imposante kalkstenen rotsen. Het hoogste punt van het eiland, Monte Solaro, is per stoeltjeslift te bereiken. Het is één van de vele activiteiten die op haar lijst 'Zien en doen op Capri' staat. Van de stoeltjeslift is ze echter niet gecharmeerd aangezien ze hoogtevrees heeft. Toch staat ook de stoeltjeslift heel dapper op de lijst. De huizen, in allerlei kleuren en formaten, ogen als bonte kunstwerken tegen de begroeide bergwanden. Ze waant zich in een oase van duizend-en-één bloemen en snuift de heerlijke geur op van de bloemenaroma die als een onzichtbare wolk om haar heen hangt.

Hier zou ik eeuwig kunnen blijven, stelt Olivia vast. Ze is pas een paar minuten op het eiland, maar nu al voelt ze iets van verbondenheid. Zonder er ooit eerder geweest te zijn voelt het toch als thuiskomen. Zuivere lucht, een blauwe hemel, het adembenemende heuvellandschap, uitkijken op zee, die heerlijke zonnestralen, en de hele dag de geur van bloemen. Al die elementen voelen als kleine cadeautjes van pure rijkdom. Dit alles maakt het leven meer dan perfect. Ze kijkt op haar horloge en beseft dat ze nog een uur heeft om in te checken bij de villa. Met lichte tegenzin stapt ze weer in de auto.

Aangezien de villa een pronkjuweel op zich schijnt te zijn kijkt Olivia ernaar uit om die van dichtbij te kunnen bewonderen. Als interieurarchitect reist ze de wereld rond en verblijft ze regelmatig in prachtige en stijlvolle resorts. Helaas kan ze bij het selecteren van een hotel niet blindvaren op de plaatjes op internet. Vaak worden deze zeer esthetisch geportretteerd en aangeprezen. Luxe interieurs vormen een cruciaal onderdeel van haar werk. Ze is daarom altijd kritisch waar het ambiance, kwaliteit, luxe en stijl betreft. Wanneer het aankomt op het selecteren van een logeeradres gaat Olivia dan ook niet over één nacht ijs. Het zorgvuldig kiezen van een hotel vormt altijd een deelproject van iedere nieuwe opdracht die zich in het buitenland afspeelt.

Amper vijf minuten in de auto begint deze lichtelijk tegen te sputteren.

'Volgens Google Maps zijn we er over twintig minuten. Dus alsjeblieft, hou het nog even vol, wil je?' Maar dat is de goden verzoeken.

Olivia heeft dit zien aankomen, het is als de wet van Murphy. Wanneer die je dag in zijn greep heeft, dan kom je er niet meer vanaf. Er vormen zich rookpluimen aan de voorkant van de auto, die onder de motorkap vandaan komen. Ze geeft zich gewonnen en parkeert op een veilige plek langs de weg. *Nog geen half uur op het eiland en dan dit! Hopelijk is dit geen voorbode van hoe de rest van deze werkvakantie er uit gaat zien.* Op haar mobiel kiest ze het nummer van een sleepdienst. Ze geeft, zo goed en zo kwaad als het gaat, haar locatie door. De sleepdienst belooft er binnen vijftien minuten te zijn.

⁓⟍⟍⟍⁓

Zodra Alessandro de parkeerplaats oprijdt verschijnt Luca in de deuropening. Het lage zoemen van de motor van zijn zwarte Porsche zorgt ook nu weer voor de befaamde aankondiging van zijn komst. Alessandro parkeert zijn auto op een van de drie vrije parkeerplekken voor Luca's garage terwijl hij een hand opsteekt en vluchtig naar zijn beste vriend zwaait. Hij had Luca beloofd hem vanmiddag te helpen nadat eerder die ochtend Luca's enige berger huiswaarts was gekeerd met vreselijke rugklachten. Het is al de vierde keer in een half jaar tijd dat James' hernia hem parten speelt. Het is een medische aandoening die middels een operatie verholpen kan worden, maar daarvan wil James absoluut niets weten. Voor de middag heeft Alessandro weinig bijzonders op de agenda staan, dus bijspringen doet hij dan ook graag.

Alessandro moet toegeven dat het bijspringen in de garage voor hem meer is dan zijn vriend uit de brand helpen. Het is ook eigenbelang. Af en toe heeft hij er simpelweg behoefte aan. De dagen bij Luca bezorgen hem de nodige afleiding en ontspanning. Rondlopen in een te grote overall, gestrande chauffeurs te hulp schieten en kapotte motoren weer tot leven sleutelen. Meegaan in hetgeen de dag brengt. Het geeft een gevoel van vrijheid om een enkele keer het huis te verlaten zonder dat een pak zijn lijf omsluiert en een stropdas hem de adem ontneemt. Weg van zijn kantoor en alle verplichtingen. Niet dat zijn eigen bedrijf alleen ellende en hoofdpijn oplevert, dat absoluut niet. Er gaat niets boven de adrenaline van het binnenhalen van een nieuwe klant, een grote order of het presenteren van de nieuwste serie jachten. Maar de leiding hebben over een miljoenenbedrijf brengt ook verplichtingen en uitdagingen met zich mee. Op kantoor is hij zakelijk en gedreven, doch toegankelijk en geïnteresseerd. De verwachtingen naar zijn medewerkers toe zijn hoog. Er moet gewerkt worden en de prestaties die daaruit voortkomen mogen niet teleurstellen. Ondanks dat is de sfeer op kantoor ongedwongen en gemoedelijk omdat Alessandro iedereen met respect behandelt en heilig gelooft in de persoonlijke krachten van ieder van zijn medewerkers. Zijn deur staat dan ook altijd letterlijk open. Hij luistert naar eenieder die er behoefte aan heeft en geeft raad waar nodig. Er wordt genoeg gelachen en zeker één keer in de maand gaat hij met zijn team iets drinken of dineren. In de zomermaanden organiseren ze picknicks, barbecues en cocktailparty's.

'Klaar om die gemanicuurde handen vuil te maken?' vraagt Luca terwijl hij Alessandro omhelst.

'Laat de motorolie maar vloeien. Ik ben er klaar voor, jongen.'

'Weet wel dat dit betekent dat je het strelen van welke vrouw dan ook vanavond of vannacht maar beter uit je hoofd kunt zetten.' Alessandro laat een bulderende lach horen.

Ze lopen de garage binnen waar dampen van stikstof, zwavel en gesmolten soldeertin praktisch alle zuurstof en koolstofdioxide uit de lucht verdreven hebben. Op de brug staat een rode oldtimer. Eronder staat een rond en gezet figuur druk te sleutelen. Tom, de eerste monteur, is een jaar of 57. Verder staat er een witte cabriolet, waaronder vandaan de twee lange benen van Pat, de leerling monteur, steken. De radio staat zoals altijd afgestemd op Radio Capri, wat het geluid van enig gebruik van gereedschap overstemt. Op de betonnen vloer staat een stapel onuitgepakte dozen die hoogstwaarschijnlijk gevuld zijn met nieuw geleverde materialen of onderdelen. Alessandro loopt naar de kast en pakt een zwarte overall van de stapel. Motorolie is een akelig goedje dat hij het liefst ver houdt van zijn jeansbroek en zijn donkerblauwe linnen overhemd. Hij denkt aan de laatste opmerking van zijn beste vriend. Vrouwen zijn nu het laatste waar hij aan kan denken, dat weet Luca als geen ander. Na zijn rampzalige relatie met Julia, die hem bijna het leven heeft gekost, had hij besloten het vrouwelijk schoon te laten voor wat het was. Een beslissing die menig discussie en gespreksstof oplevert tijdens zijn borrelmomenten met Luca. Hoelang dat 'even' gaat duren, dat weet Alessandro na al die maanden vooralsnog niet. Hij moet het nu al ruim een jaar zonder metgezel stellen en dat gaat boven verwachting. Maar na de perikelen met Julia zou iedere man in zijn situatie het moeiteloos een jaar, misschien wel langer, zonder vriendin kunnen stellen.

'En jij dan?' vraagt Alessandro.

'Ik? Ik streel geen vrouwen, ik laat me strelen. Zolang hun vingers als fluweel aanvoelen heb ik niets te klagen,' antwoordt Luca terwijl hij een rinkelend mobieltje uit zijn broekzak haalt. Luca loopt snel naar zijn kantoor en doet de deur dicht. In die ruimte huist stilte, zoals het hoort op een respectabel kantoor. Na een minuut of twee loopt hij het kantoor weer uit.

'We hebben een klus,' zegt hij terwijl hij de sleutel van de sleepwagen demonstratief in de lucht houdt.

2

N u de rook is opgetrokken en de motorkap iets is afgekoeld durft Olivia deze eindelijk te openen. Ze zucht terwijl ze een bedroefde blik onder de motorkap werpt. Ze staart naar de onderdelen maar neemt niets waar, want in gedachten is ze weer even thuis.

Het was vroeg in de ochtend en een paar uur voor haar vertrek naar Capri. De taxi die haar naar Schiphol zou rijden was al ruim een kwartier te laat. Ze toetste het nummer van de taxicentrale in maar werd meteen in de wacht gezet. Ze verbrak de verbinding en stond net op het punt een andere taxicentrale te bellen toen de taxi de straat in reed. De chauffeur verontschuldigde zich. Klaarblijkelijk had de eerste taxi onderweg autopech gehad. Hij was taxi nummer twee die de centrale had opgeroepen voor de rit van Amsterdam-Zuid naar Schiphol Airport. Het viel de chauffeur niets te verwijten dat ze iets later was opgehaald dan afgesproken. Haar extra tijdsmarge van anderhalf à twee uur wierp ook toen weer zijn vruchten af. Ergens te laat arriveren vindt Olivia onaanvaardbaar. Zeker in haar wereld, waar de tijd van gefortuneerde opdrachtgevers als kostbaar goed wordt ervaren. Verder geeft een gebrek aan tijd te kennen dat je organisatievermogen als ondernemer te wensen overlaat. De rit naar het vliegveld verliep verder zonder enig oponthoud.

Ze arriveerde ruim voor de inchecktijd op Schiphol. Echter, de aankondiging op het scherm van vertrekkende vluchten waren verontrustend. Haar vlucht naar Napels van 07:10 uur bleek een uur vertraging te hebben. Voor deze reis was een overstap in Parijs Charles de Gaulle noodzakelijk. Haar aansluiting missen zou betekenen dat ze pas aan het eind van de dag in Capri zou arriveren in plaats van drie uur in de middag. Gelukkig bleef de vertraging bij een uur. Dat maakte dat ze nog ruim anderhalf uur overstaptijd had bij aankomst in Parijs. Ondanks dat de vertraging bij een uur bleef zag Olivia toch op tegen de overstap in Parijs, omdat alles haar die ochtend tegenzat. Tegen alle verwachtingen in verliep deze overstap zonder enig oponthoud.

Bij aankomst in Napels liet alle bagage een eeuwigheid op zich wachten, dus ook die van Olivia. Ruim een uur na aankomst had ze, als een van de weinige passagiers, nog steeds geen bagage. Bij de informatiebalie kreeg ze te horen dat haar koffer naar alle waarschijnlijkheid was achtergebleven op Schiphol Airport. Na de mededeling dat haar koffer met een latere vlucht die dag zou arriveren, begaf Olivia zich ietwat gefrustreerd richting het autoverhuurbedrijf. Gelukkig had ze altijd een trolley bij zich met daarin noodzakelijke spullen voor dit soort situaties. In de trolley had ze kleding voor zeker drie dagen, make-up, wat verzorgingsspullen en ondergoed.

Ondanks dat Capri geen groot eiland is, maakt het bergachtige landschap het bezit van een auto een noodzakelijk goed. De rit van het vliegveld van Napels naar de haven duurde iets minder dan vijftien minuten. Voor de navigatiestem in de huurauto kon ze enkel Italiaans selecteren. Olivia had geen keuze dan Google Maps op haar mobiel te gebruiken. Vaker dan haar lief was had Google Maps haar in het verleden in de kou laten staan. Gelukkig was dat niet het geval tijdens haar reis van het vliegveld naar de haven. Deze keer was Google haar goedgezind. Ze arriveerde op tijd bij de veerboot van rederij SNAV.

De overtocht naar Capri duurde slechts drie kwartier. Die kostbare tijd zou ze gebruiken om voor zichzelf een paar zaken helder te krijgen. De meest voor de hand liggende vraag was of deze reis een vlucht of een serieuze opdracht was. Diep in haar hart wist ze dat het een ontsnappingspoging was. Ze had behoefte aan afstand. Peter en de nare gebeurtenissen van de afgelopen maanden wilde ze achter zich laten. De tranen sprongen spontaan in haar ogen. Ze had niet het eeuwige leven met Peter verwacht, maar ze had wel gehoopt op een iets langer avontuur samen.

∙ ⁓ ∙

De sleepwagen begeeft zich richting de haven. Het is de derde keer vandaag dat de sleepwagen uitrijdt. De twee eerdere oproepen heeft James nog voor zijn rekening genomen. Na de tweede rit ging het mis. Tijdens het ontkoppelen van de kettingen, die bevestigd zitten om de banden, schoot het James in de rug. Hij wilde absoluut niet naar een arts. Hij wilde naar huis, waar hij languit op de bank of op zijn bed kon gaan liggen. Luca heeft hem naar huis gereden. Op de weg terug naar de garage belde hij Alessandro. Deze had zijn middag enkel gereserveerd voor het doornemen van wat leeswerk. Hij was daarom meer dan bereid om bij te springen in de garage.

9

Luca en Alessandro zijn sinds de lagere school beste vrienden. Luca is de losbol en Alessandro de verantwoordelijke van het stel. In de loop der jaren is hun band alleen maar sterker geworden. Dat ze beiden uit gezinnen komen waarbij het aantal zusters domineert heeft een belangrijke rol gespeeld. Luca heeft drie zusters, Alessandro heeft er vier. De vrienden verschillen een jaar. Luca heeft Alessandro altijd als een grote broer beschouwd.

'Waar gaan we eigenlijk naartoe?'

'Een dame in nood helpen,' antwoordt Luca. 'Hopelijk geen gevalletje lege tank.'

'Tegenwoordig weten vrouwen dat soort dingen Luc.'

'Jouw soort vrouwen zeker,' lacht Luca hardop.

'Mijn soort vrouwen absoluut. Voor die lege tanktest moeten ze gegarandeerd slagen willen ze door naar de tweede ronde.' Alessandro knikt overdreven met zijn hoofd. 'Oké, genoeg sarcasme voor vandaag.'

Waar het vrouwen betreft hebben de vrienden beslist een andere smaak. Luca gaat enkel voor schoonheid en ongecompliceerd. Hij valt op vrouwen die op zoek zijn naar kortstondige avonturen. Avonturen die vaak een nacht en een enkele keer twee nachten duren. Vrouwen die weinig kennis van zaken hebben, maar wel bloedmooi zijn. Luca heeft het niet zo op relaties en vastigheid. Verhoudingen eisen de nodige aandacht wil je er alles uithalen. Die tijd heeft Luca simpelweg niet. Eigenlijk staat dit geheel los van tijd, want tijd heeft hij wel degelijk. Hij vindt alle drama dat een relatie met zich meebrengt gewoon niet de moeite waard. Vrouwen weten wat ze van hem kunnen verwachten. Dat is iets waar hij vanaf de eerste ontmoeting duidelijk over is. Alessandro daarentegen valt op intelligent, zelfstandig, een eigen mening, lekker pittig, warm en sociaal. Dat ze ook nog eens aantrekkelijk is om naar te kijken ziet hij als een absolute bonus. Tijdens de dates van Luca wordt er weinig geconverseerd en gaat het voornamelijk om uiting geven aan verlangens. Alessandro, daarentegen, gaat voor diepgang en uitdaging. Hij kan een goed gesprek tijdens een diner of een drankje enorm waarderen.

Langs de weg zien ze een gestrande gele Fiat staan. De motorkap staat omhoog.

'Dat moet onze dame in nood zijn,' zegt Luca terwijl hij de sleepauto voor de Fiat parkeert. 'Ze heeft kennis van zaken. Ik denk dat deze eentje voor jou is.'

'Kennis van zaken? Omdat ze met haar hoofd onder de motorkap zit?' Alessandro moet hartelijk lachen terwijl hij ontkennend met zijn hoofd schudt. Luca bekijkt de auto nog eens kritisch.

'Ik zie geen vuur, geen lekke band, geen schade. Misschien toch een gevalletje lege tank,' concludeert Luca lachend. Beiden observeren ze de dame in kwestie. Haar rode mouwloze jurk is boetiekwaardig, evenals haar rode hakken. Haar lange goudbruine krullen, die deels over haar schouders hangen en deels haar blote rug bedekken, glanzen in de felle zon.

'We zullen het zien,' zegt Alessandro terwijl hij langzaam uit de sleepauto stapt. Luca volgt zijn voorbeeld.

3

E r wordt op haar rug getikt. Voordat ze weer rechtop staat verschijnt er naast haar onder de motorkap een mannengezicht. Zijn ogen hebben de kleur van licht gebrande koffiebonen met daarboven perfect gevormde zwarte wenkbrauwen. Op zijn hoofd een zwarte bos licht golvende haren. Olivia heeft de sleepauto niet horen aankomen.

'En dokter, wat denkt u dat de patiënt mankeert?' zegt de vreemdeling op serieuze toon. Zijn stem klinkt laag en diep. Zijn wenkbrauwen dalen iets naar beneden als gevolg van de frons die op zijn voorhoofd verschijnt. Olivia weet even niet of ze hier serieus op in moet gaan. Zijn zachte gelaatstrekken in een ietwat hoekig gezicht brengen haar onverwacht van haar stuk. 'Dokter, snel handelen is hier denk ik van levensbelang, dus wat is uw diagnose en wat is de behandelprocedure?' gaat de berger op serieuze toon verder. Zijn maat, die de situatie op afstand gadeslaat, lacht geamuseerd. Ze kijkt de berger naast haar bedenkelijk aan. Pressie werkt altijd goed bij haar, zeker in situaties waar snel handelen cruciaal is. Olivia vraagt zich af of dit van haar gezicht af te lezen is. Maar ze heeft geen tijd om daarover na te denken. De behoefte om indruk te maken op deze charmante pseudoarts, gekleed in een zwarte overall in plaats van in een witte jas, groeit evenals zijn aantrekkingskracht op haar. Ze moet antwoord geven, en wel nu.

'Eerste symptoom vóór bewusteloosheid was enorme rookontwikkeling, dokter,' antwoordt Olivia eindelijk. Haar antwoord tovert een glimlach op zijn gezicht.

'Rookontwikkeling? En wat is volgens u de oorzaak, dokter?' gaat hij verder. Olivia krijgt zowaar het gevoel dat de berger dit een amusant spelletje vindt. Een beetje humor kan ze na haar hectische ochtend goed gebruiken.

'Oververhitting is uitgesloten aangezien er genoeg koelvloeistof in de tank aanwezig is.' Ze ziet zowaar iets van verbazing op zijn gezicht. 'Controle van de temperatuurmeter op het dashboard was negatief, dus geen verhoging.' De berger wacht geduldig op haar eindconclusie. Helaas moet ze hem die schuldig blijven. Verder dan dat gaat haar kennis van een rokende motor niet. Dat ze tijdens haar tienerjaren altijd om haar vader hing wanneer hij aan zijn auto sleutelde, werpt nu zijn vruchten af. Ze heeft zoveel van hem geleerd en is daar, zeker op dit moment, zeer dankbaar voor.

'Dokter, uw waarneming is boven verwachting,' zegt de berger. 'Om de patiënt te reanimeren moet hij helaas worden afgevoerd.'

'Echt? Dat vermoeden had ik al.' Olivia haalt haar trolley en handtas uit de kofferbak zodat de heren de nodige voorbereidingen kunnen treffen voor het wegslepen van haar auto. Terwijl ze druk bezig zijn

belt ze een taxi. Alle nood- en belangrijke nummers op Capri had ze
voor vertrek opgeslagen in haar mobiel.

* * *

Alessandro is geboren en getogen op Capri en kent veel eilandbewoners. Hij weet dan ook zeker dat de dame in kwestie niet van het eiland
is. Die lange goudbruine krullen en die amberkleurige ogen is hij op
Capri niet eerder tegengekomen. Bij het zien van haar bagage realiseert
hij zich dat ze vandaag is gearriveerd. Terwijl ze de kabels om de banden
bevestigen fluistert Luca: 'Jij deed voorlopig toch niet aan daten?'

'Daten? Waar heb je het over, Luc?'

'Ik ben veel Less, maar blind ben ik absoluut niet. Durf je te ontkennen dat je iets voelt?'

'Maar, wat heeft dat met daten te maken? Ik weet nog niet eens hoe
ze heet!' Luca loopt terug naar de cabine van de sleepauto en activeert
de trekband. De kleine gele Fiat 500 komt langzaam in beweging. Ergens heeft Luca gelijk. Alessandro kan moeilijk ontkennen dat hij deze
vreemdeling aantrekkelijk vindt. Haar schoonheid heeft iets speels.
Het soort schoonheid dat je tegen alle narigheid wilt beschermen,
ondanks dat haar houding zelfredzaamheid uitstraalt. Er komt een
taxi aanrijden die naast de toerist stopt. Terwijl Luca de auto op de
sleepwagen stationeert loopt Alessandro met een map formulieren
haar kant op. Hij heeft immers nog wat gegevens van haar nodig. Ze
buigt zich over het formulier in zijn hand waardoor hun gezichten iets
te dichtbij elkaar komen. Ze ruikt zoet, naar bloemen.

Rozen, jasmijn en seringen misschien? Ze kijkt hem aan en haar blik
verstart spontaan. Alessandro is nieuwsgierig naar haar eerste indruk

14

van hem. Ergens hoopt hij dat ze, net als hij, iets van die onzichtbare kracht tussen hen ervaart. De taxichauffeur kucht lichtjes.

'Hier heb je mijn kaartje,' zegt ze zachtjes. 'Heb je van jouw bedrijf ook een kaartje? Dat vind ik sneller dan het formulier invullen.'

'Ik begrijp het,' antwoordt Alessandro. Uit de map haalt hij een visitekaartje en overhandigt het zonder zijn blik van haar af te wenden. Ze werpt een blik op het kaartje waarna ze het in haar handtas opbergt. 'We hadden je trouwens ook een lift kunnen geven naar je logeeradres. Een taxi was echt niet nodig geweest.'

'Uiteraard gaat jullie klantenservice ver, maar ik regel graag alles zelf.'

'Dat is duidelijk.' Alessandro glimlacht even. Hij vindt het amusant dat ze haar onafhankelijkheid nog even benadrukt. De taxichauffeur, die duidelijk ergens last van heeft, laat weer een kuch horen. 'We bellen morgen om de situatie rondom de auto door te geven.'

'Dankjewel, Luca. Mijn logeeradres is Villa Excellence aan de Via...'

'Villa Excellence weet ik te vinden,' antwoordt hij. Nog steeds heeft hij een glimlach op zijn gezicht.

'Goed,' zegt ze waarna ze in de taxi stapt. Alessandro loopt terug naar de sleepauto terwijl hij de wegrijdende taxi nakijkt.

'Als jij Luca bent, mag ik dan de sleutel van de Porsche?' vraagt Luca terwijl hij achter het stuur van de sleepauto kruipt.

'Geen probleem jongen, geen probleem,' antwoordt Alessandro zodra ook hij is ingestapt.

Luca zet koers richting de garage en zet de cd-speler aan. Hij begint spontaan mee te zingen met *Always the same* van *Whitesnake*. Alessandro kijkt hem aan en schudt zijn hoofd. Zijn vriend heeft veel talenten, maar zingen kan hij maar beter laten. Nu Luca zichzelf vermaakt gaat Alessandro in gedachten terug naar de gestrande dame. Hij is benieuwd naar de aanleiding van haar bezoek aan zijn eiland. Het kan simpelweg een vakantie zijn. Zijn ervaring is dat vrouwen niet vaak alleen op vakantie gaan. Het zou zowaar de liefde kunnen zijn die haar naar Capri brengt. Het liefst zou hij deze optie willen negeren. Toch realiseert hij zich dat deze kans wel erg groot is, hoe naar hij die gedachte ook vindt. Ze zag er immers gelukkig uit. Maar dat gevoel van geluk stralen de meeste toeristen uit die net van de ferry afkomen. Er is volgens Alessandro nog een laatste optie, en dat is familiebezoek. Maar door deze laatste optie gaat al snel een streep. Ze logeert immers in Villa Excellence. De tijd zal het leren. Alessandro haalt haar kaartje tevoorschijn.

'Exclusive Interiors by Olivia Martin.' Die naam komt hem vreemd genoeg bekend voor.

'Dit meen je niet!' zegt Alessandro net iets te luid.

'Wat niet?' vraagt Luca op zijn beurt, terwijl hij het volume van de cd-speler iets zachter zet.

'Dat ze mij voor jou aanziet kan ik niet veranderen. Maar dat maakt dit spelletje opeens een stuk interessanter.'

'Waar heb je het over?' Luca rijdt langzaam de parkeerplaats van zijn garage op.

'Dat jij inderdaad recht hebt op de Porsche. Althans voor een dag of zo.'

'Serieus?' vraagt Luca verbaasd.

Luca kent Alessandro beter dan hij zichzelf kent. Hij weet dan ook dat zijn vriend iets aan het bekokstoven is. In situaties als deze is het beter om Alessandro zijn gang te laten gaan. Hij komt uiteindelijk zelf met tekst en uitleg. De Porsche heeft Luca vaker van zijn vriend geleend. Voornamelijk op dagen dat hij indruk probeerde te maken op een nieuwe vlam.

'Hier, de sleutel,' zegt Alessandro zodra ze uit de sleepwagen zijn gestapt.

'Het was een geintje, man. Helaas heb ik voor vanavond geen wilde avonturen op de planning staan. Was dat maar zo!' zegt Luca terwijl hij bedenkelijk naar de grond staart.

'Jij hebt de Porsche misschien niet nodig, maar ik wel je Range Rover.'

'Aha! Wat van mij is, is uiteraard ook van jou,' antwoordt Luca terwijl hij de sleutel van zijn grijze Range Rover Evoque uit zijn broekzak haalt. De heren wisselen sleutels uit. Zonder verder nog iets te zeggen beginnen ze met de voorbereidingen om de Fiat van de sleepwagen naar een vrije parkeerplaats te manoeuvreren.

Alessandro heeft het de afgelopen jaren zwaar gehad waar het relaties betreft. Luca is daar telkens weer getuige van geweest. 'Een gefortuneerd man is een eenzame man,' heeft Alessandro hem meerdere keren meegedeeld. De relaties van Alessandro waren allen gebaseerd op fortuin vergaren en niet op liefhebben. Vrouwen zien voornamelijk zijn bezittingen. Hij komt stoer en zelfverzekerd over, waardoor vrouwen vaak een vertekend beeld van hem hebben. Alessandro heeft meer te bieden dan geld, sieraden en dure vakanties. Wel wordt het met de dag lastiger om die ene vrouw te vinden die hem als mens hoger acht dan zijn fortuin. Tegenwoordig pakt Alessandro het daten dan ook anders aan. Tijdens een eerste afspraak deelt hij zo min mogelijk informatie. Zijn achternaam laat hij achterwege en over zijn beroep laat Alessandro weinig tot niets los. Zowel zijn achternaam als de naam van zijn bedrijf zijn frequent in het nieuws. De link naar een gevulde bankrekening is snel gemaakt. En dat is wat hij zoveel mogelijk probeert te vermijden. Dat voorkomt dat vrouwen dubbele motieven ontwikkelen. Waar hij wel vrij over praat is varen en vissen, twee van zijn favoriete hobby's. Zijn Porsche verruilt hij op dagen dat hij een afspraak heeft voor de Range Rover van Luca. Luca heeft zowaar het vermoeden dat zijn Range Rover weleens gebruikt zou kunnen worden om de gestrande toerist van vandaag beter te leren kennen.

4

Olivia prijst zich gelukkig met haar werk, zoals de meeste mensen die van hun hobby hun beroep hebben gemaakt. Het is een droombaan die haar toestaat de wereld te bereizen. Sinds de oprichting van Exclusive Interiors in 2015 heeft ze villa's, landhuizen en vakantieresorts mogen transformeren. Stuk voor stuk dynamische, enerverende, maar pittige opdrachten, waarbij de budgetten meer dan royaal waren. Bij dit soort opdrachten speelt geld zelden een grote rol. De exclusiviteit van de meubelstukken, de luxe uitstraling en de afwerking van het geheel vormen je onzichtbare visitekaartje voor de volgende exclusieve opdracht.

Haar opdrachten hebben Olivia onder andere naar Bali en Rio de Janeiro gevoerd. Maar ook dichter bij huis heeft ze enkele opdrachten uitgevoerd, onder andere in Parijs en Vallée de la Marne, een vallei in de Champagnestreek. Een van de mooiste opdrachten was een privéresort op een van de eilanden van de Malediven. Haar laatste opdracht was voor een 4-sterren hotel in Londen.

Al deze bijzondere projecten eisen veel tijd. Het gaat soms niet om maanden maar om jaren van planning, tekenen, uitzoeken, inkopen, aansturen en aankleden. Het inkopen van meubelstukken, behang, stoffen, tapijten, planten, bloemen en accessoires doet Olivia van over de hele wereld. Ook in haar wereld is het een gouden regel dat alles wat van ver komt op zich al bijzonder is. De import en het transport van deze exclusieve stukken zorgen voor aardig wat geregel en papierwerk. Doordat alle continenten ook nog hun eigen wet- en regelgeving erop nahouden wat de invoer van specifieke stukken betreft, vergt dit deel van het proces een lange adem. Olivia weet als geen ander dat je stem verheffen en autoritair-of agressief gedrag vertonen in dit soort gevallen alleen maar in je nadeel werkt. Zij houdt zich aan een gouden regel, namelijk dat je meer vliegen vangt met honing dan met azijn. Waar het importzaken betreft is dat zeker het geval. Iedere opdracht vereist de nodige inspanning, inzicht en creativiteit om tot de perfectie te komen die de opdrachtgever voor ogen heeft.

Ondanks alle stress en gepuzzel die deze projecten met zich meebrengen zou Olivia voor geen goud haar baan willen verruilen voor iets anders. Die constante uitdaging, maar ook het creatieve aspect heeft ze nodig. Dat zijn haar drijfveren om te zorgen dat ieder project voortreffelijk wordt opgeleverd.

Vandaag voert haar nieuwe opdracht haar naar dit adembenemende stukje aarde. Het leven op een eiland als Capri, met een mediterraan klimaat, het heldere water en het prachtige landschap; ze zou er nooit genoeg van krijgen. Haar Capri-project betreft het aankleden van een serie jachten. Een half jaar geleden heeft ze een soortgelijke opdracht uitgevoerd voor een jachtenbouwer. De opdrachtgever was zeer gecharmeerd van het eindresultaat. Olivia was blij verrast en enthousiast toen ze de offerteaanvraag voor deze opdracht via e-mail ontving. Helaas wilde de opdrachtgever, Bellini Yachts, eerst bewijs van haar creatief vermogen en vakbekwaamheid. Haar keuzes voor de stoffen, de kleurencombinaties en de aankleding vormden de doorslaggevende factoren en waren allesbepalend voor het al dan niet binnenhalen van de opdracht.

Voor Olivia was het belangrijk om deze opdracht binnen te halen, alles om haar maar bezig te houden nu ze de oplevering van haar laatste opdracht achter de rug had. Dit bood haar ook de mogelijkheid om Capri te bezoeken. Het is een bestemming die in haar top tien van te bezoeken eilanden staat. Ze heeft een maand besteed aan de uitwerking van de plannen. Na het opsturen liet Bellini Yachts de eerste paar dagen niets van zich horen. Er ging een week voorbij, eveneens zonder enig teken van bevestiging of goedkeuring. De daaropvolgende week kwam het verlossende bericht. De opdracht werd haar gegund. Dezelfde dag nog belde de assistente van Bellini Yachts voor het inplannen van een eerste kennismakingsgesprek op het kantoor van Bellini Yachts op Capri. Na weken van voorbereiden begint ze over iets meer dan een dag eindelijk aan haar nieuwe opdracht.

In de garage is Tom de specialist die de gele Fiat onder handen mag nemen. Aangezien de gestrande toerist weer snel over haar auto wil beschikken, is de keuze voor Tom snel gemaakt. Tom heeft de nodige ervaring en kan met een blik onder de motorkap de oorzaak achterhalen. Voor Pat, net achttien, is veel nog onbekend. Luca heeft Pat daarom de opdracht gegeven om met Tom mee te kijken.

'Ik heb nu echt honger,' zegt Alessandro terwijl hij over zijn buik wrijft. Door de hectische start van de middag hebben de heren de lunch gelaten voor wat het was. Maar ook Luca voelt dat zijn lege maag hem parten begint te spelen. Ze besluiten een snelle hap te doen en rijden richting de haven, die op slechts tien minuten van de garage ligt. Luca parkeert de Porsche op de parkeerplaats aan de Marina Grande.

'Is er volgende week nog een feestje? Iets van een barbecue of een bierfeest?' vraagt Alessandro terwijl ze richting een van de vele lunchrooms lopen.

'Het moet absoluut gevierd worden, dat is zeker,' zegt Luca terwijl hij bevestigend met zijn hoofd knikt. 'Wat vliegt de tijd. De opening van de garage is alweer vier jaar geleden!'

'Ik had niet gedacht dat je het in je had,' antwoordt Alessandro op een plagende toon.

'Ik eerlijk gezegd ook niet.' Luca klinkt enigszins verbaasd.

'Zo zie je maar dat de wonderen de wereld nog niet uit zijn, mijn vriend. Alles is mogelijk. Zelfs wanneer het op jouw ondernemerskwaliteiten aankomt,' zegt Alessandro treiterend terwijl hij een arm om Luca's schouder slaat. Luca denkt terug aan het moment waarop het vier jaar geleden allemaal begon.

Eigenlijk is Luca niet met iets nieuws begonnen, maar heeft hij iets ouds verbouwd. Hij heeft het garagebedrijf van zijn vader nieuw leven ingeblazen. Toen zijn vader, Luciano Chiave, plotseling aan een hartstilstand overleed was Luca amper tien jaar oud. Het bedrijf overnemen was voor Luca toen geen optie. In die tijd zat hij immers nog op de lagere school. Met een huis vol vrouwen was de liefde voor techniek ver te zoeken. Niemand wilde de garage overnemen. In die tijd waren er in de garage van Luca's vader slechts twee monteurs werkzaam. Deze vonden gelukkig snel ander werk. De garage bleef onbemand achter en lag er binnen afzienbare tijd verwaarloosd bij. De daaropvolgende jaren nam het voornemen om de garage zo nu en dan te bezoeken geleidelijk af. De garage raakte steeds verder in verval. Het werd overwoekerd door onkruid en verdween langzaam onder een groene deken van gras, wilde bloemen en planten. Inmiddels groeide er zelfs een boom op de plek waar ooit het kantoor gevestigd was.

Toen Luca de middelbare school had afgerond voelde hij er weinig voor om automonteur te worden. In de haven werken voor Alberto Bellini deed hij veel liever. Alberto heeft hem toen in dienst genomen. Luca heeft Alberto altijd als een tweede vader beschouwd. Vanaf de dood van zijn vader heeft Alberto zich als een vader over hem ontfermd. Alberto gaf Luca, net als het een echte vader betaamd, er vaak van langs wanneer hij dat noodzakelijk achtte. Zo waren er momenten waarop buren Alberto met klachten benaderden. Ze vonden dat Luca zich had misdragen, zeiden dat hij een raam had ingegooid of simpelweg onbeleefd was geweest tegen een ouder iemand. Ook Luca's moeder uitte frequent haar misnoegen over het gedrag van haar zoon. Ze belde Alberto vaak radeloos op omdat ze zelf geen raad meer wist met die wildebras van een zoon.

'Die jongen bezorgt me nog een beroerte,' zei ze dikwijls tegen Alberto. Op dat soort momenten kreeg niet alleen Luca maar ook Alessandro de wind van voren. Volgens zijn vader had hij weer eens verzuimd om Luca in het gareel te houden.

'Jij moet hem ervan weerhouden om kattenkwaad uit te halen, Alessandro. Jij bent de oudste van het stel. Jij bent dus verantwoordelijk voor alles wat Luca uithaalt,' zei Alberto Bellini dikwijls tegen zijn zoon.

Toen pa Bellini vier jaar geleden overleed had daarom niet alleen Alessandro maar ook Luca het zwaar te verduren. Het verdriet rond het verlies van wederom een vaderfiguur, die hem zoveel liefde had getoond, was immens. Luca wist dat hij het aan Alberto Bellini verschuldigd was om iets van zijn leven te maken. Het was tijd om volwassen te worden en op eigen benen te gaan staan. Hij wilde alles doen zodat pa Bellini vanuit de hemel trots op hem neer kon kijken. Maar Luca had geen idee welke onderneming te beginnen. Gelukkig veranderde dat al na een week van wikken en wegen. Luca wist dat de tijd was aangebroken om het oude garagebedrijf van zijn vader nieuw leven in te blazen. Zo kon hij beide vaders trots maken.

Luca legde zijn plannen voor de herstart van de oude garage voor aan Alessandro. Samen hebben ze de plannen verder uitgewerkt, evenals de financiën. Toen pa Bellini overleed heeft hij iedereen aandelen in Bellini Yachts nagelaten. Alessandro kreeg de meeste aandelen, 50%. Hij kreeg immers ook de leiding over het bedrijf. De moeder van Alessandro kreeg 25%. Verder kregen alle vier zusters 5%. Maar ook Luca had hij 5% aandelen nagelaten. Dat pa Bellini ook Luca aandelen had nagelaten vond niemand binnen het gezin bizar of vreemd. Zijn liefde voor Luca heeft hij nooit onder stoelen of banken gestoken en dat heeft Luca ook altijd zo gevoeld. Na enkele gesprekken met hun financieel adviseur heeft Luca besloten 3% van zijn aandelen in Bellini Yachts aan Alessandro te verkopen. Deze verkoop leverde hem iets meer dan één miljoen euro op. Dat was veel meer dan hij nodig had voor de herstart van de garage. Deze nieuwe start betekende voor Luca ook een eigen huis. Hij kocht een appartement aan de zuidkant van het eiland, op een steenworp afstand van het appartement van Alessandro. De rest van het geld gaf hij veilig in beheer bij zijn financieel adviseur.

Na het uitwerken van alle plannen en financiën was het tijd om de garage onder handen te nemen. De samengestelde groep klussers bestond uit enkele vrienden en de medewerkers van Bellini Yachts. Er werd gesnoeid, gekapt, ontworteld en gezaagd. Stukje bij beetje werd de garage bevrijd van de zware groene ballast. De vloer werd opnieuw gestort. De muren werden gestuukt en opnieuw geschilderd in een crèmekleur. Het kantoor werd uitgebouwd en kreeg er een zitgedeelte bij. Er kwam een receptie en een wachtruimte. Voor bezoekers werd er een koffiehoek geïnstalleerd, met daarin ook een koelkast. Er werd een grotere keuken geïnstalleerd zodat er voortaan aan de keukentafel geluncht kon worden. De oude, verroeste apparaten werden ontkoppeld en afgevoerd, waarna er nieuwe machines werden geïnstalleerd.

Nadat Luca content was met de herinrichting was het tijd voor het aannemen van nieuwe medewerkers. Zelf had Luca weinig verstand van auto's en motoren. Zijn rol was dan ook om leiding te geven en niet om zelf te gaan sleutelen. De experts werden op contractbasis aangesteld. Uiteindelijk werden het drie monteurs, twee leerling-monteurs en een berger. Het kantoor, de administratie, de boekhouding en alles rond personeelszaken nam hij voor zijn rekening. Na twee maanden van zware arbeid was de opening een feit en dat werd uitbundig gevierd. Luca was trots op zichzelf. Hij had niet alleen aan zichzelf maar ook aan zijn vaders en zijn families, zowel de Chiave's als de Bellini's, bewezen dat hij meer in zich had dan iedereen ooit had gedacht. Terugkijkend kan hij alleen maar trots zijn op hetgeen hij de afgelopen jaren heeft bereikt. De jaarcijfers vormen zijn leidraad en deze worden ieder jaar rooskleuriger. Voor het feest volgende week zal er dan ook groots worden uitgepakt.

5

Na een bochtige rit omhoog langs steile rotsen, veel groen en een betoverend kleurenpracht aan flora arriveert Olivia bij Villa Excellence. Ze stapt uit de taxi en neemt de adembenemende omgeving in zich op.

De villa is imposanter dan Olivia zich had voorgesteld. Het is een prachtig wit gebouw in Romeinse stijl gebouwd. Het telt in totaal vier verdiepingen. De marmeren trap, van slechts vijf treden, leidt naar de ingang die wordt gemarkeerd door twee gigantische marmeren zuilen aan weerskanten van de trap. De twee deuren met glas-in-loodramen, die omlijst worden door een hoge stenen boogconstructie, bieden toegang tot de ontvangsthal van de villa. Vanaf de parkeerplaats loopt een breed betegeld pad naar de marmeren trap. De grote tegels, van één bij één meter, zijn diagonaal gelegd. Het geeft een speels effect aan het geheel. Aan weerskanten van het pad staan enkele hoge palmbomen. De bloemenperken, die links en rechts van het pad zijn aangebracht, vormen een speels kleurenmozaïek. De milde zeebries streelt zacht haar gezicht en doet haar rode zomerjurk, die ze speciaal voor de reis heeft aangeschaft, zwieren om haar blote benen. Ze sluit haar ogen, haalt diep adem en vult haar longen met de zilte zeelucht. In de verte hoort ze vogels fluiten en het geruis van de golven. Dit is precies waar ze nu behoefte aan heeft: rust voor lichaam en geest. Ze kan niet anders dan toegeven dat Villa Excellence iets betoverends heeft.

'Kan ik u misschien helpen?' zegt een zachte, vriendelijke vrouwenstem. Olivia opent haar ogen. Ze kijkt nog enkele tellen rond voordat ze zich op de vrouw die voor haar staat richt. 'Ja, het is prachtig hier. Ik geniet er na dertig jaar nog steeds iedere dag opnieuw van. We zijn gezegend dat we zo gefortuneerd kunnen leven.' Voor haar staat een petite madame van een jaar of zestig. Ondanks haar lengte van nog geen één meter zestig en haar fragiele postuur heeft ze een statige houding. Op haar hoofd draagt ze een zonnehoed met een lang geel lint waarvan de uiteinden rustig op de golven van de wind dansen.

'Wat een rijk leven heeft u inderdaad. Dat u dit allemaal dagelijks mag beleven! Ik ben jaloers,' zegt Olivia terwijl ze haar hand uitsteekt.

'Zeg maar Marge, hoor. Hier zijn we niet van dat formele. En het is volkomen terecht dat je jaloers bent. Zou ik ook zijn als ik in jouw schoenen stond.'

'U...,' de vrouw kijkt haar berispend aan en Olivia herstelt zich snel. 'Je hebt er in alle waarschijnlijk heel hard voor moeten werken om dit te realiseren.'

'Bloed, zweet en tranen, kind. Eerlijk waar,' zegt Marge lachend terwijl ze Olivia's hand nog steeds vast heeft. 'Welkom bij Villa Excellence. Ik heb het idee dat wij het samen heel goed gaan vinden.' Terwijl Marge Olivia naar binnen begeleidt vertelt ze iets meer over zichzelf, haar gezin en het ontstaan van Villa Excellence. Ze heeft haar arm om die van Olivia gevouwen, alsof ze al jaren vriendinnen zijn.

Marge en haar man Harold waren als pasgetrouwde twintigers toe aan wat uitdaging. Ze vonden een bouwval op een prachtige locatie in Santa Lucia in Napels en gingen aan de slag. Hun voornemen was om er een klein hotel te vestigen. Bij het uitwerken van de plannen nam de invulling van het hotel steeds meer de vorm van een luxe resort aan. Het kostte enige inspanning en doorzettingsvermogen, maar hun missie hadden ze helder voor ogen. Ze waren dan ook onvermoeibaar. In vier jaar tijd hadden ze hun bouwval omgetoverd tot een florerend luxe resort.

Dat succes smaakte naar meer. Na een bezoek aan Capri wisten ze het zeker: Capri was de plek waar hun nieuwe luxe villa het licht zou zien. Al snel vonden ze wederom een vervallen gebouw op een prachtige locatie op een berg die uitzicht bood over de Golf van Napels. Het bouwvallige etablissement had in iets mindere mate behoefte aan wat liefde en aandacht dan hun eerste bouwval in Santa Lucia. Evengoed werd het een gigantische verbouwing waar ze beiden niet vies van waren. Anderhalf jaar na aanschaf werd de opening van Villa Excellence feestelijk gevierd. En dat is nu ruim dertig jaar geleden. De villa in Santa Lucia wordt momenteel bestuurd door hun oudste dochter Sophie.

Ze stappen de hal van de villa binnen en de grandeur die de buitenkant van de villa presenteert zet zich hier voort. Het is groots, open en licht. De muren zijn lichtcrème geschilderd. De vloer is, evenals de brede trap die naar de eerste verdieping leidt, bekleed met bordeauxrode vloerbedekking. In de hal bevinden zich een receptie, een kantoor en een boetiek. Verder zijn er borden die verwijzen naar de ontbijtruimte, de dinerzaal, het buitenterras, de spa en de sportzaal. De inrichting is luxe, met diverse kunstwerken aan de muren. Er hangt een gezellige sfeer. De deuren naar het terras staan open en vanaf het terras klinkt pianomuziek.

'Dit is boven verwachting. Wat een smaakvolle inrichting. Het ademt luxe uit, maar heeft toch karakter.' Marge kijkt haar vragend aan. 'Sorry, maar wanneer het op inrichting en sfeer aankomt kan ik het niet laten.'

'Dankjewel voor de complimenten. Het harde werk is er echt van af te lezen.'

'Dat is het zeker.' Ze lopen de trap op.

'En wat brengt jou naar ons prachtige eiland?' vraagt Marge geïnteresseerd terwijl ze Olivia naar haar suite begeleidt. Olivia aarzelt even.

'Werk,' zegt ze dan uiteindelijk.

'Saaier kan bijna niet. Niet voor de liefde? Dit eiland loopt over van de mooie mannen. Werken kan altijd nog. Een diamant om je vinger, daar moet je tijd voor vrijmaken.'

'Ik ben klaar met de liefde.'

'Op jouw leeftijd? Kind! Klaar met de liefde is een ongeoorloofde gemoedstoestand. De liefde op een zijspoor plaatsen is op Capri simpelweg onmogelijk.'

'Marge, je hebt wel gelijk waar het die mooie mannen betreft.' Marge begint te glunderen. Ze doet de deur van de suite open. Naast de deur staat de naam Yellow Hibiscus. Olivia is meteen stil. De kamer is beeldschoon. Het gigantische formaat wordt extra benadrukt door het hoge plafond. De kleur Yellow slaat op de geelwitte inrichting. Gele gordijnen, diverse gele kussens, een gele bureaustoel en een gele sofa. Er staat een kingsize bed. Op een van de nachtkastjes staat een vaas vol gele hibiscussen.

'Marge, dit is nou precies wat ik een luxe suite noem. En dat uitzicht!' Olivia loopt naar de veranda waar ze een glimp opvangt van de immense, kleurrijke tuin. Ook biedt de veranda een weids uitzicht over de Golf van Napels. 'Ik weet nu al dat ik meer dan een week nodig heb om mijn opdracht te vervullen,' zegt Olivia terwijl ze bevestigend met haar hoofd knikt.

'Dat weet ik wel zeker,' antwoordt Marge. 'Maar even terug over mijn gelijk wat die mooie mannen betreft.' Ze kijkt Olivia vol verwachting aan, waarschijnlijk hopend op een prachtig liefdesverhaal.

'Ik heb een auto gehuurd, maar die liet me al snel in de steek. Ik belde Luca's sleepdienst. En die Luca ziet er niet slecht uit.' Marges' gezicht verandert lichtelijk van opgewekt naar bezorgd. 'Nee? Geen Luca? Is dat wat je met dat verontrustende gezicht wilt zeggen?' vraagt Olivia met iets van ongerustheid in haar stem.

'Hier heb je de sleutel, kind. En wat Luca betreft heb ik maar twee woorden voor je: wild en onvolwassen. Doe ermee wat je wilt. Zie ik je straks beneden voor een welkomstdrankje?'

'Zeker, Marge. Dankjewel voor deze prachtige kamer. En dank voor het advies.' Ze klopt Olivia op de rug van haar hand en loopt de suite uit. De woorden van Marge, wild en onvolwassen, echoën nog na in haar hoofd. Heeft ze Luca dan echt zo verkeerd ingeschat? Ze vond hem best grappig.

6

Alessandro en Luca hebben aan het eind van de dag in totaal vier bolides van gestrande automobilisten naar de garage versleept. Aan de auto van Olivia heeft Tom kort gesleuteld. Hij kwam er al snel achter dat de oorzaak kortsluiting was. Hierdoor was de kabelisolatie gesmolten en zijn enkele kabels doorgebrand. Een deel van de kabelboom moet worden vervangen. Helaas heeft Luca deze niet op voorraad en moet het van het vasteland komen. Morgenmiddag op z'n vroegst wordt het geleverd. In overleg met Luca besluit Alessandro Olivia hierover te informeren.

Hij stapt in de Range Rover en rijdt de rotsen op richting Villa Excellence. Vol verwachting kijkt hij uit naar deze ietwat onverwachte tweede ontmoeting met Olivia. Of ze dezelfde gevoelens bij hem losmaakt als bij hun eerste ontmoeting zal snel blijken. De hitte van eerder die dag zou zowaar zijn waarneming parten hebben gespeeld. Ondanks dat hij altijd kritisch is tijdens een eerste ontmoeting, heeft zijn mensenkennis hem in het verleden vaker dan hem lief is in de steek gelaten.

Volgens Luca is Alessandro op het gebied van vrouwen veel te kritisch. Tijdens zijn eerste ontmoeting met Julia was zijn kritische blik voornamelijk op het uiterlijk gericht. Het oog wil ook wat. En hij dacht eens het advies van zijn beste vriend op te volgen. Maar wat heeft dat hem gebracht? Maanden vol narigheid. De liefde tussen Julia en hem was van korte duur. Net als in zijn vorige relaties bleek ook Julia het op zijn fortuin gemunt te hebben. De afgelopen jaren was hij enkel fortuinzoekers en geldwolven tegen het lijf gelopen. Het verschil met de vorige fortuinzoekers was dat Julia er alles voor over had om maar iets van zijn fortuin te vergaren. En dat heeft hij geweten ook.

Hoewel hij Olivia niet kent heeft hij niet het idee dat ze op zoek is naar goud en fortuin. Haar *Louis Vuitton* trolley, haar *Prada* handtas en haar *Christian Louboutin* hakken maken meer dan duidelijk dat ze niet om geld verlegen zit. Hoewel ze deel uitmaakt van de betere kringen vertoont ze niet dat stijve, afstandelijke, arrogante gedrag dat er meestal onderdeel van uitmaakt. Tijdens hun eerste ontmoeting was ze vriendelijk en benaderbaar. Ze heeft ook nog eens gevoel voor humor. In het rollenspel van doktertje vertolkte ze haar deel subliem. Verder weet ze redelijk wat over automotoren. Best handig wanneer Luca nog een extra paar handen nodig heeft in de garage. Hij moet glimlachen bij die gedachte. Maar die Olivia is ook een eigenwijsje. Dat was Alessandro niet ontgaan. Een eigenwijsje, dat mag hij wel. Een vrouw die een beetje tegengas geeft en niet alles voor zoete koek slikt.

'Alessandro,' zegt hij terwijl hij in de Range Rover stapt en zijn mobiel beantwoordt. 'Ciao, Marina.' Het is zijn oudste zus. Marina is tien jaar ouder dan Alessandro. Ze ontfermt zich als een tweede moed-

er over hem. 'Met mij gaat het altijd goed, zus. Met jullie alles oké?'
Hij luistert aandachtig. Vaak heeft Marina weinig te vertellen. Ze
belt hem altijd rond dit tijdstip, meestal wanneer hij het kantoor
verlaat. Ze informeert dan naar zijn plannen voor het avonde-
ten. Of hij iets gaat halen, uit eten gaat of dat ze iets voor hem
warm moet houden. Veel vaker staat Marina erop dat Alessandro
gewoon aanschuift. Maar vandaag niet. Haar gasfornuis heeft het
namelijk begeven en ze gaat met haar man Giorgio bij Valentina en haar gezin eten. De jongens van Marina, twee tieners van
zeventien en negentien, hebben met hun vrienden bij La Piazzetta
afgesproken. De jongens gaan voor pizza. Valentina is de tweede
zus van Alessandro.

'En heb je al een nieuw fornuis besteld? Want anders kan ik er
straks eentje online bestellen die ze dan morgen kunnen afleveren,'
stelt hij voor. Hij luistert en knikt met zijn hoofd. 'Prima, dan is
dat geregeld.' En weer is het stil. Dit keer rolt hij met zijn ogen
terwijl Marina honderduit vertelt. Het onderwerp is niet iets wat
hem aanstaat. Helaas is het wel het favoriete onderwerp van zijn
zus. 'Nee, nog geen schoonzus voor je in de aanbieding, Marina.'
Hij zucht diep, zich afvragend of het wijsheid is iets over Olivia
prijs te geven. Maar Alessandro is veel te enthousiast om dat van
Olivia voor zich te houden. 'Wacht even, Marina. Ik zet je op de
speaker, want ik moet nu echt gaan rijden naar Olivia.'

'Olivia? Wie is Olivia?'

'Ze komt uit Amsterdam en is vandaag op Capri gearriveerd.'
Marina slaakt een kreet van blijdschap. 'Alleen is er een klein
probleempje, want ze denkt dat ik Luca ben.' Van deze mededeling
is Marina totaal niet gecharmeerd.

'Dus als ik het goed begrijp denkt Olivia dat jij Luca bent?' klinkt het nu luid door de autospeakers. 'Maar hoezo, Alesso?'

'Ze ging er zomaar van uit.'

'En je hebt niet gedacht haar te corrigeren?'

'Waarom? Het was haar aanname.'

'Mio Dio,' zucht Marina hoorbaar.

'En er is nog iets,' zegt Alessandro bijna fluisterend.

'Mio Dio,' herhaalt Marina nogmaals.

'Nadat ik haar kaartje had bestudeerd kwam ik tot de ontdekking dat Olivia de interieurarchitect is die ik heb ingehuurd voor de inrichting van onze nieuwste cruiseline. Ik heb woensdag een intakegesprek met haar. Vandaar dat ze op het eiland is.'

'Maar volgens haar ben jij dus Luca?' vraagt Marina nogmaals ongeduldig. 'Wat denk je hier in hemelsnaam mee te bereiken, Alesso? Hier komt alleen maar gedonder van! Als je Olivia echt leuk vindt dan is het beter om open kaart te spelen, en wel direct. Wacht niet tot woensdag. Want als ze dan ontdekt dat jij haar al die tijd hebt voorgelogen dan zal het je veel meer moeite kosten om dat weer recht te breien. Ze zal het je niet vergeven dat je haar vertrouwen hebt beschaamd. Dat vertrouwen herwinnen gaat tijd kosten. Tijd die kostbaar is, aangezien ze maar tijdelijk op het eiland verblijft.' Het blijft een paar tellen stil. Diep vanbinnen weet Alessandro dat zijn zus gelijk heeft. Maar hoe kon hij weten dat zij de interieurstyliste was? Dat ontdekte hij pas op de terugweg naar de garage.

'Alesso? Ben je er nog?' vraagt Marina, met iets van wanhoop in haar stem. 'Je weet wat je te doen staat,' zegt ze berispend tegen haar broertje. 'Anders ga je hier binnenkort nog spijt van krijgen. En dat gaat niet fraai zijn.' En weer is Marina stil. 'Na alle ellende met Julia gun ik je alle liefde van de wereld. En als dat Olivia is dan kun je je geen ongenoegen permitteren, Alesso. Zeker niet waar het haar vertrouwen betreft.'

'Marina, ik weet dat je gelijk hebt. Ik zal schoon schip maken met Olivia. Ik ben nu onderweg naar haar hotel.'

'Dat doe je goed. Sterkte jongen,' zegt ze met iets van extra pit in haar stem. Ze zucht diep. Op de achtergrond hoort Alessandro nog een aantal keren 'Mio Dio' voordat Marina de verbinding verbreekt.

7

Olivia heeft zich de afgelopen uren in en rond de villa kostelijk vermaakt. Ter verkoeling heeft ze een duik genomen in het zwembad, waarbij ze aardig wat baantjes getrokken heeft. De tuin van Villa Excellence heeft het formaat van een minipark. Er zijn veel paden die naar allerlei stille schuilplaatsen leiden. Geheime plekjes waar de gasten zich zo nu en dan kunnen onttrekken aan de hectiek van alledag. Op diverse plekken staat een waterpartij, een standbeeld of een ander subliem kunstwerk. Verspreid over de tuin zijn diverse bloeiende perken aangelegd. De combinaties van kleuren zijn een lust voor het oog.

Olivia heeft zich voorgenomen om voor haar vertrek alle geheime plekjes van deze tuin te ontdekken. Het verkennen gaat haar de nodige tijd kosten, maar ze vindt het de moeite meer dan waard. Marge bracht haar rond vijf uur een cocktail en een snack. Nu maakt ze zich klaar voor het diner buiten op het grote terras. Daar kan ze gaan genieten van haar allereerste zonsondergang op Capri. Net wanneer ze op het punt staat haar suite te verlaten gaat haar mobiel over.

'Is dit de dokter die eerste hulp heeft verleend aan de rokende Fiat?' Ze moet lachen wanneer ze de stem herkent. Dit onverwachte moment van contact tovert een brede glimlach op haar gezicht. Gelukkig blijven de lichte blosjes die op haar wangen verschijnen voor hem verborgen. 'Dokter, bent u daar?' vraagt hij nu iets luider om er zeker van te zijn dat ze hem gehoord heeft.

'Ja, dit is Olivia. Hoe is het ermee?' Het kost haar enige inspanning om zo normaal mogelijk te klinken en niet al te veel van haar euforische gemoedstoestand weg te geven.

'Ik ben momenteel met de dagelijkse huisbezoeken bezig,' zegt hij nu op iets serieuzere toon. *Huisbezoek? Wat bedoelt hij daar in hemelsnaam mee?* Zijn uitleg volgt al snel. 'Ik heb een update over de toestand van de eerder afgevoerde, levenloze patiënt.'

'Echt? Dat is snel. En wat is de status van de desbetreffende patiënt? Is hij reeds van de beademing of ligt hij nog in coma?' vraagt Olivia, zijn serieuze toon feilloos imiterend.

'Wil je dat echt weten?' vraagt hij met iets van speelsheid in zijn toon.

'Uiteraard ben ik nieuwsgierig en geïnteresseerd, dokter.'

'In dat geval, dokter, hoeft u alleen naar buiten te lopen. Ik sta op de parkeerplaats voor uw hotel.'

'Echt?' Olivia betrapt zichzelf erop dat ze net iets te enthousiast klinkt. Haar gevoelens prijsgeven is het laatste dat ze wil. Een tweede ontmoeting met Luca had ze vandaag niet meer verwacht. Maar dit onverwacht weerzien laat ze niet aan zich voorbijgaan. 'Ik kom naar je toe,' zegt ze. Haar stem nu iets kalmer.

Ze verbreekt de verbinding en haar hart gaat als een razende tekeer. Alsof ze een eerste afspraak met een nieuwe minnaar heeft. De gedachte aan hem als minnaar doet haar lichtelijk kreunen. 'Jij als minnaar, dat zal vast hemels zijn. Een goddelijke ervaring, dat weet ik zeker,' zegt ze fluisterend, bang dat de muren haar weleens zouden kunnen horen. Ze werkt haar lippenstift bij en doet wat *Miss Dior* parfum op. Ze loopt de kamer uit en de trappen af. Onderweg naar de voordeur loopt ze Marge tegen het lijf.

'Kind, wat een prachtige groene jurk. Het staat je beeldig.'

'Dank je, Marge. Lief dat je dat zegt.'

'Kom, ik neem je mee naar het buffet op het grote terras.' Marge steekt net als vanochtend ook nu weer haar arm door die van Olivia.

'Ik vrees dat ik nog een paar minuten nodig heb. Ik moet eerst nog iets afhandelen met iemand die op de parkeerplaats staat te wachten.' Olivia wijst naar de voordeur. Marge knikt bevestigend. Ze loopt een stukje met Olivia de gang door tot aan de voordeur en gluurt nieuwsgierig door het grote glas-in-loodraam in de voordeur.

'Is dat de grijze auto van Luca?' vraagt Marge met iets van afkeur in haar stem.

'Ik ken zijn auto niet, alleen de sleepwagen. Maar het is inderdaad Luca. Hij komt een update geven over de reparatie van mijn defecte Fiat.'

'Nou, ga dan maar gauw, kind. Ik zie je straks op het terras.' Met enige tegenzin laat ze Olivia's arm los en opent ze de voordeur. Zodra Olivia de trap afdaalt richting de parkeerplaats doet Marge de deur achter haar dicht.

Lopend naar de auto heeft Olivia het gevoel alsof haar benen het dragen van haar bovenlijf ieder moment kunnen staken. Ze voelen

steeds meer aan als ontbrekende elementen. Alsof alle botten ver-
gruisd zijn en zich hebben vermengd met de kiezels en het fijne zand
dat zich langs het looppad naar de villa bevinden. Ook haar hart en
haar polsslag zijn lichtelijk van slag. Zodra hij haar ziet stapt hij uit de
auto.

'Dit is onverwachts,' zegt Olivia zo normaal mogelijk. Maar ze heeft
gefaald, want er zat een kleine trilling in haar stem.

'Wow! Wat zie jij er prachtig uit,' is zijn ongegeneerde opmerking.
'Echt beeldschoon, ik kan niet anders zeggen.'

En jij bent een adembenemende vent! Olivia weet zich geen houding
en staart over zijn schouder in de verte zonder maar iets waar te nemen.

'Mijn opmerking was misschien iets te direct. Sorry, ik zie dat je er
ongemakkelijk van wordt.'

'Dat zijn complimenten die iedere vrouw graag hoort. Dus ongemakkelijk word ik er niet van. Ik ben wel verrast door je onverwachte
bezoek.' Om te bewijzen dat zijn woorden geen negatief effect op haar
hebben doet ze een paar stappen in zijn richting. Nu ze dicht bij hem
staat bekijkt ze zijn gelaat aandachtiger. Hij is meer dan prachtig, hij is
perfect. Ze onderdrukt de drang om met haar vinger over zijn lippen te
strijken. Net zoals ze de behoefte bedwingt om hem intens te kussen.
Ze voelt haar wangen lichtjes gloeien.

'Goed om te horen,' zegt hij met iets van opluchting in zijn stem.
Nu doet ook hij een stap in haar richting. Als gehypnotiseerd kijken
ze elkaar aan. Wat zij denkt brengt hij tot uitvoering. Met zijn vinger
strijkt hij een haarlok uit haar gezicht. Olivia weet dat hier ellende van
komt. Toch neemt ze zich voor hier een paar seconden van te genieten
waarna ze zal ingrijpen. Wat heeft ze dit gemist. Die aandacht. De blik
van een aantrekkelijke vent die je ter plekke verslindt.

Ze sluit haar ogen en voelt hoe zijn vinger zachtjes over haar jukbeen strijkt. Dat hij naderbij komt voelt ze aan zijn warme adem die haar gezicht lichtjes streelt. Zijn lippen raken zacht en verleidelijk de hare. Ze vraagt zich af of dit het moment is waarop ze moet ingrijpen. Of moet ze zich voor nu gewoon laten gaan? Zijn kus wordt intenser en ze laat zich gewillig meevoeren. Ze slaat haar armen om zijn hals. En dan hoort ze ergens in de verte haar naam. Met enige tegenzin verbreekt hij de tedere kus. Ze doet haar ogen open en kijkt hem vragend aan. Het liefst hoort ze van hem wat zich net heeft afgespeeld en of de gevoelens die zij voelt wederzijds zijn. Opnieuw hoort ze haar naam roepen. Ze kijkt om. Het is de conciërge die met een telefoon in zijn hand staat te zwaaien.

'Het is Alex.'

'Dank je. Ik kom eraan,' gilt Olivia terug.

'Alex?' vraagt Alessandro terwijl hij een stap achteruit doet.

'Ja, dat is mijn broer. Ik heb verzuimd hem te bellen nadat ik geland was. Hij is vast ongerust.'

'Dat is begrijpelijk. Ga dan maar gauw. De onderdelen voor je auto zijn besteld en komen morgen vanaf het vasteland. Dus als het goed is dan is de auto aan het eind van de middag gereed.'

'Dank je voor alles,' zegt Olivia met een hese stem, nog bijkomend van de kus en alle emoties die dat teweeg heeft gebracht.

'Niets te danken. Slaap lekker voor straks.'

'Jij ook,' antwoordt Olivia. Vol tegenzin keert ze hem de rug toe en begint richting de voordeur van de villa te lopen.

'Hé Olivia.' Ze keert zich om. Op haar gezicht een brede glimlach. 'Heb je zin om morgen mee te gaan lunchen?'

'Dat klinkt gezellig,' zegt ze nog steeds glimlachend.

'Ik haal je om twaalf uur op. Slaap lekker.'

'Slaap lekker.' Voor de tweede keer keert ze hem de rug toe en loopt de villa binnen. Met haar hoofd in de wolken en een onrustig lijf vol op hol geslagen emoties staat ze Alex kort te woord. De stem van zijn zusje horen bezorgt hem de nodige geruststelling. Alex is iemand van weinig woorden en dat kan Olivia voor nu enorm waarderen. Vandaag heeft hij behoefte aan iets meer dialoog. Juist vandaag, nu ze zich amper kan concentreren op hetgeen hij zegt en vraagt. Ze belooft hem plechtig morgen te bellen om uitgebreid verslag te doen van de schoonheid van het eiland en de villa. Maar ook na het gesprek met Alex laat haar concentratievermogen te wensen over. Ze krijgt enkel flarden mee van de gesprekken op het terras en tijdens het diner waar zij indirect deel van uitmaakt. In gedachten staat ze nog steeds op de parkeerplaats met Luca en beleeft ze keer op keer die intense kus. Had ze eerder moeten ingrijpen? Had ze hem tegen moeten houden? Maar wat had dat uitgehaald? Het is haar nu opeens duidelijk dat ze na Peter toch nog iets van gevoel in zich heeft. Deze ervaring had ze voor geen goud willen missen.

Na een enerverende eerste dag op Capri ligt ze nog lang te woelen in bed. De gebeurtenissen passeren langzaam en vol ongeloof de revue. Met een buik vol vlinders en een gevoel dat veel weg heeft van een beginnende verliefdheid valt Olivia uiteindelijk in slaap.

8

Op weg naar huis rijdt Alessandro eerst langs de visboer om een visschotel te halen. Alle emoties en opgelopen spanningen hebben hem een enorme eetlust bezorgd. Het afgelopen uur heeft hij zijn mobiel niet gehoord, wat vreemd is. Er belt altijd wel iemand. Na een blik op zijn display blijkt zijn mobiel op de stilstand te staan. Hij heeft vier oproepen van Luca gemist. Terwijl zijn schotel wordt bereid belt hij Luca terug. Het duurt even voordat Luca eindelijk reageert.

'Hé gozer. Alles goed?'

'Belabberd,' antwoordt Luca kort. Op de achtergrond hoort Alessandro iets van geruis.

'Ben je thuis of in de garage?'

'Geen van beide.' Luca is duidelijk niet in zijn element.

'Waar ben je dan?'

'Het strand.'

'Marina Grande?' Hij geeft geen antwoord. 'Luca, jongen. Als je zegt waar je bent, dan kom ik naar je toe.'

'Grande.'

'Ik ben in de buurt. Ik zie je zo.' Alessandro betaalt voor zijn visschotel en loopt de haven uit richting het strand. Vanaf de Via Cristoforo Colombo is het een kleine tien minuten lopen naar de Via Marina Grande. Alessandro is bezorgd. Luca is namelijk zelden tot nooit terneergeslagen of depressief. Kijkend vanaf de weg naar beneden ziet hij Luca dicht langs de waterlijn zitten. Alessandro loopt de trap af en gaat naast zijn vriend op het zand zitten. Hij kijkt Luca aan en besluit voor nu niets te vragen. Alessandro tuurt over het water en volgt de laatste stralen van de ondergaande zon. 'Heb je al gegeten?' vraagt Alessandro.

'Geen trek.'

'Ik heb echt honger als een paard.' Alessandro haalt de visschotel uit de papieren zak en verwijdert de folie. Uit zijn borstzak haalt hij twee vorken tevoorschijn. Beide plaatst hij tussen de diverse vissoorten. De schotel is rijkelijk gevuld met grote garnalen, inktvisringen en enkele moten gerookte zalm. Verder is er een pastasalade. Alessandro pakt een garnaal en neemt er een hap van. 'Echt niet?' vraagt hij terwijl hij de schotel onder Luca's neus houdt. Na enig aarzelen pakt ook hij een garnaal. Samen eten ze zwijgend van de visschotel. Alessandro graait in de papieren zak en haalt twee blikjes cola tevoorschijn. Hij opent er eentje en overhandigt die aan Luca.

'Weet je...,' Luca begint aarzelend, 'morgen is de sterfdag van pa.'

'Dat weet ik,' zegt Alessandro.

'Op de dag voor zijn dood had hij zin om hierheen te komen. Hij wilde weg van alle vrouwenpraat in huis.'

'Volgens mij hebben alle mannen die met zoveel vrouwen een huis delen die behoefte,' merkt Alessandro spottend op. Maar Luca is duidelijk niet in de stemming voor grappen. Dit is zijn serieuze moment en Alessandro besluit voor de rest van het gesprek daarin mee te gaan.

'Hij wilde heel graag dat ik met hem mee zou gaan,' Luca begint zachtjes te snikken, 'maar ik had geen zin, Less. Ik had er totaal geen behoefte aan. Dat was namelijk de dag dat Francesca het had uitgemaakt.' Alessandro haalt een servetje uit de papieren zak en overhandigt het aan Luca. Hij veegt zijn wangen en zijn ogen droog. Enkele minuten is hij stil terwijl hij over het strand tuurt. Alsof hij op zoek is naar een schim van zijn vader.

'Ik weet het nog. Jij en Francesca. Jullie waren een tijdje onafscheidelijk. Zelfs mij zag je niet staan wanneer zij in de buurt was. Zij was de liefde van je leven.'

'Ik wilde echt wel mee, maar die dag stond mijn hoofd er niet naar. Ik verzon een leugen. Ik vertelde pa dat ik veel huiswerk had. Hij geloofde me en verliet in zijn eentje het huis. Eenzaam en alleen vertrok hij richting het strand. Toen hij een paar uur later terugkeerde van het strand sliep ik al. Het was rond een uur of acht. Te vroeg om te slapen voor mijn doen. Volgens mij had ik mezelf in slaap gehuild.' Luca begint opnieuw te snikken.

'Je hebt hem daarna dus nooit meer gezien of gesproken?' Alessandro weet nog dat zijn ouders te horen hadden gekregen dat meneer Chiave in zijn slaap was overleden. Hij had midden in de nacht een hartstilstand gekregen. Luca begint hevig te huilen. Alessandro slaat een arm om hem heen en legt zijn hoofd tegen dat van Luca. 'Ik weet het, jongen. Een vader plotseling verliezen is pijnlijk. Maar je kunt het jezelf echt niet kwalijk blijven nemen, Luc. Jij bent echt niet de oorzaak van zijn hartstilstand. Dat je één keer niet met hem mee bent geweest, omdat je zoveel verdriet had, heeft echt niet zijn hartstilstand veroorzaakt.'

'Mama vertelde dat pa al jaren hartpatiënt was, maar het nooit met zijn kinderen had gedeeld. Ook opa is op 52-jarige leeftijd aan een hartstilstand overleden.'

'Het is dus genetisch en niet iets dat een bezoek aan het strand tegen had kunnen houden, Luca. Je moet echt proberen dit los te laten. Denk maar aan al die keren dat jullie wel met z'n tweeën op pad zijn geweest. Net als mijn pa en ik, deden jullie heel veel samen. Pa Chiave neemt het je echt niet kwalijk. Ook hij weet wat een gebroken hart is en hoe pijnlijk dat kan zijn, helemaal als je nog maar tien bent.'

'Het voelt alleen alsof ik het laatste uitje met hem heb gemist.' Alessandro knikt.

'Wat was jullie een-na-laatste activiteit samen?' Luca denkt na. Hij moet blijkbaar diep graven.

'Dat was ijs eten bij La Gelateria Celeste in de stad. Ik had zoveel ijs gegeten dat ik bij thuiskomst moest overgeven. Nonna en mama waren behoorlijk boos op die ouwe.'

'Geweldig!' Bij die gedachte schieten ze beiden in de lach. 'Jij en pa Chiave hebben jullie laatste moment samen dus echt wel gehad.'

'Dat hebben we zeker.'

'Wat denk je ervan om morgen een ijsje te doen bij La Gelateria Celeste?'

'Deal!' Luca slaat een arm om Alessandro's schouders.

'Wat is er trouwens van Francesca geworden?'

'Geen idee,' antwoordt Luca schouderophalend. 'Misschien heb je je weleens afgevraagd waar mijn desinteresse voor vrouwen vandaan komt.'

'Dat heb ik me inderdaad weleens afgevraagd, jongen.'

'Het is de schuld van Francesca!'

'Eerlijk?' Luca knikt bevestigend. 'Hoe dan? Ze was toen negen!'

'Doordat zij het had uitgemaakt was ik totaal van slag. Ik had nergens meer zin in. Zij heeft die dag min of meer mijn keuzes bepaald. Als ik er toen niet zoveel waarde aan had gehecht, was het anders gelopen. Dan had ik nog die laatste wandeling met mijn vader gemaakt en gehoor gegeven aan zijn allerlaatste wens. In het begin heb ik de huiswerkleugen aan mijn vader zwaarder laten wegen. Het was jaren later dat ik het haar kwalijk begon te nemen. Vanaf dat moment kon ik me niet meer binden aan een specifieke vrouw. Intense liefdesperikelen maken je blind, zelfs voor de meest waardevolle momenten in je leven. Dat gaat me nooit meer gebeuren.'

Dat de liefde twee kanten heeft is een onderwerp waar Alessandro zeker nog een keer met Luca over wil praten, maar dit is niet het moment. Zijn gestrande relatie met Julia heeft hem doen besluiten om vrouwen tijdelijk op afstand te houden. Maar klaar met de liefde is Alessandro zeker niet. Hij gelooft heilig in het bestaan van liefdesrelaties die het eeuwige leven hebben. Hij is ervan overtuigd dat er wel degelijk een vrouw is waar hij oud mee gaat worden. Alessandro vindt het jammer om te horen dat Luca niet meer in de liefde gelooft en ware liefde daarom voor altijd heeft afgezworen. Na ruim twee uur op het strand gezeten te hebben vertrekken de heren huiswaarts.

~°~

Thuis aangekomen neemt Alessandro een lange, hete douche. Hij is ervan overtuigd dat Luca zich hier doorheen zal slaan. Morgen wordt

46

een speciale dag waarin ijs een belangrijke rol zal spelen. Door Luca was hij zijn eigen misère vergeten. De warme douche zorgt voor rust in zijn hoofd. De tedere kus van eerder die avond is hij zeker niet vergeten. Alsof Olivia samen met hem onder de stromende waterstralen staat. Die kus had nooit mogen gebeuren. Wat heeft hij veroorzaakt? Waarom kon hij niet gewoon de boodschap afleveren? Hij wist precies waar het weerzien met Olivia toe zou kunnen leiden. Hij had beter moeten weten. En het advies van Marina heeft hij eveneens in de wind geslagen. Die kus maakt alles een stuk gecompliceerder. Hij is bezorgd over de lunchafspraak die hij morgen met Olivia heeft. Maar haar ontwijken is het laatste dat hij wil. Als het aan hem ligt brengen ze alle uren die ze hier op Capri is in elkaars gezelschap door. Maar hij heeft iets op te biechten. Eigenlijk zijn het twee dingen die hij op te biechten heeft. Ten eerste dat hij geen Luca is, en ten tweede dat hij Olivia's nieuwe opdrachtgever is. Hij heeft advies nodig, maar het is nu te laat om Marina te bellen. Alessandro schenkt zichzelf een scotch in en loopt het terras op. Hij neemt een moment om de onverwachte gebeurtenissen van de dag te overdenken en ze nogmaals te beleven.

9

Alessandro parkeert de auto van Luca voor het gebouw van Bellini Yachts dat aan de Marina Grande, de belangrijkste en meest luxe haven van Capri, ligt. Vanaf de parkeerplaats kijkt Alessandro vol trots naar de imposante nalatenschap van zijn vader. Hij is blij dat hij iedere dag opnieuw op zijn manier kan bijdragen aan het voortbestaan van zijn vaders erfenis. Het is half negen, maar op de Via Cristoforo Colombo is het leven al uren geleden op gang gekomen. Deze straat voert bezoekers, toeristen en bewoners vanaf de veerboot naar het centrum van het eiland. Ook de strandaanbidders van de Marina Grande Beach kunnen niet om de Via Cristoforo Colombo heen. Alessandro heeft, ondanks alle hectiek en emoties van de vorige dag, als een blok geslapen. Die ene borrel heeft daar vast aan bijgedragen.

'Buongiorno,' roept Alessandro wanneer hij het kantoor binnenloopt. Het totale kantoor beslaat drie kantoorruimtes, een grote kantoortuin, een wachtruimte, een keuken en een douche en toilet. Een van de kantoorruimtes is het kantoor van Alessandro. De overige twee kantoorruimtes worden gebruikt als vergaderruimte en als concentratieplek.

'Morgen,' zeggen de paar aanwezigen in koor. Het team is klein. In totaal zeven man, bestaande uit een office assistant, een projectmanager, twee grafisch ontwerpers, een financieel beheerder, een technisch adviseur en een receptioniste. Ze zitten verspreid over de kantoortuin.

Alessandro bergt de autosleutels op in zijn bureaula. Daarna klikt hij zijn computer en de drie beeldschermen aan. Zijn agenda verschijnt op het middelste scherm. Een blik op zijn agenda bevestigt hetgeen hij al wist. Het wordt een bijzonder drukke dag. Hij heeft een drietal kopers die geïnteresseerd zijn in de nieuwe Bellini De Luxe Cruiser. Verder staat er een persconferentie op de agenda waarbij Alessandro tekst en uitleg moet geven over hoe vervuilend de jachten van Bellini Yachts al dan niet zijn. En aan het eind van de middag heeft hij een conference call staan met enkelen van zijn leveranciers.

'Espresso?' Alessandro kijkt op van zijn scherm.

'Doe je mee?' vraagt hij aan Luisa die in de deuropening staat.

'Goed plan!' Er verschijnt een glimlach op haar gezicht.

Toen Alessandro negen jaar geleden als groentje binnen het bedrijf van zijn vader als financieel adviseur aan de slag ging, was het Luisa die meteen zijn maatje werd. Ze leerde hem alle systemen kennen, waaronder het CMS en het bestel- en voorraadsysteem. Zelfs de koffiemachine werd Alessandro tot in detail uitgelegd. Ze werkte al twee jaar als office assistant voor Bellini Yachts en kende alle ins en outs.

Ze lopen naar de keuken die zich achter in het kantoor bevindt. Luisa informeert naar zijn speelmiddag met Luca. Ze weet dat er absoluut gewerkt wordt op dagen dat Alessandro zich in de garage van Luca ophoudt, maar ze kan het niet laten om hem te plagen. Ze weet ook dat ze bovenal veel lol hebben en heeft het daarom bestempeld tot speeldag. Hij vertelt haar de nodige anekdotes, maar laat het Olivia-verhaal geheel achterwege. Alessandro kent Luisa als geen ander en ook zij zou hem, net als Marina, de wind van voren geven. Hij schakelt dan ook feilloos over van zijn speeldag naar zijn volle agenda. Uiteraard is hij de allerbelangrijkste afspraak, zijn lunch met Olivia, niet vergeten.

Van alle afspraken die Alessandro vandaag heeft zit hij het meest in over het weerzien met Olivia. Ergens vandaag moet hij aan haar opbiechten wat hij sinds hun eerste ontmoeting heeft verzwegen. Morgen zal te laat zijn. Olivia heeft dan om elf uur een afspraak met de directeur van Bellini Yachts. Dan zal de waarheid zichzelf onthullen. Het prijsgeven van zijn ware identiteit zal dus vandaag moeten gebeuren, en dat weet Alessandro maar al te goed. Hij moet de misplaatste informatie voor Olivia in de juiste context plaatsen. Want hij is simpelweg geen Luca.

Zijn mobiel gaat over. Vreemd genoeg verschijnt Marina's naam op de display. Die belt nooit op dit tijdstip. Haar nieuwsgierigheid drijft haar waarschijnlijk tot waanzin. Alessandro besluit haar later op de dag terug te bellen. Ze zal teleurgesteld zijn wanneer Alessandro haar deelgenoot maakt van de gebeurtenissen van de afgelopen avond. Die eerste kus heeft de situatie erger gemaakt. Hij heeft geen preek van Marina nodig om hem daarvan te overtuigen. De dag is vooralsnog niet voorbij. Dat biedt hem nog alle gelegenheid om dit misverstand recht te zetten.

Bellini Yachts is in 1985 opgericht door Alberto Bellini, de vader van Alessandro. Alberto werkte toen als onderhoudsmonteur bij Montasano Yacht Rentals. Toen de oude Massimo Montasano met pensioen ging wilde geen van zijn drie zonen het bedrijf overnemen. Ze hadden allemaal andere plannen aangezien ze een haat-liefdeverhouding met de jachthaven en de Golf van Napels hadden. Liefde, omdat ze een rijk en gefortuneerd leven eraan over hadden gehouden. Maar de bittere afgunst overheerste omdat het bedrijf altijd veel beslag had gelegd op het leven van hun vader. Er bleef voor het gezin Montasano weinig aandacht over.

Met pijn in het hart vertelde de oude, broze en vermoeide Massimo Montasano op zijn zeventigste verjaardag aan zijn team dat hij plannen had om het bedrijf te verkopen. Hij heeft zijn medewerkers altijd als familie beschouwd. Daarom vroeg hij of er gegadigden waren die het bedrijf wilden overnemen. Indien dat niet het geval was, dan zou hij een week later een makelaar inschakelen. Alberto Bellini speelde met het idee om het bedrijf van Massimo voort te zetten. Alleen twijfelde hij of het overnemen van het bedrijf ook zíjn gezinsleven op een negatieve manier zou beïnvloeden.

Samen met zijn vrouw heeft Alberto een heel weekend de voor- en nadelen tegen elkaar afgewogen. Alberto twijfelde onder andere aan zijn eigen kwaliteiten als ondernemer, wat in zijn ogen veel meer kunde, kennis en vakbekwaamheid vereiste dan wat een simpele monteur te bieden had. De vrouw van Alberto, Allegra, was ervan overtuigd dat haar man de kwaliteiten had om van het bedrijf, dat al tijden in zwaar weer verkeerde, een succes te maken. Hij kon het op zijn minst proberen, bedacht Alberto zich een paar uur voor het verstrijken van de deadline die Massimo Montasano had gesteld.

Omdat het bedrijf er qua cijfers slechter voor stond dan gedacht was de overnameprijs een schijntje. Door de aantrekkelijke prijs en de voortvarende plannen die Alberto had om het bedrijf te moderniseren, was een lening bij de bank snel geregeld. Een week na de aankondiging van Massimo dat het tijd was om van zijn welverdiende pensioen te gaan genieten kreeg de familie Bellini de sleutels overhandigd.

Het gezin Bellini bestond toen uit vier dochters. Een jaar na de oprichting van Bellini Yachts werd de laatste telg van het gezin, Alessandro, geboren. Voor Alberto was het hard werken, maar ook voor Allegra was het een uitdaging om een huishouden van zeven personen draaiende te houden. De nieuwe onderneming, maar ook de geboorte van hun jongste kind, bracht voor ieder van hen andere uitdagingen met zich mee. Ondanks dat waren ze erop gebrand hun kinderen het beste leven te geven dat in hun vermogen lag. De negatieve ervaringen die de zonen van Massimo Montasano hun hele leven hadden gehad zijn Alessandro en zijn zussen altijd gespaard gebleven, aangezien Alberto Bellini een totaal ander mens was. Het bedrijf onderging niet alleen een naamtransformatie, maar ook de prioriteiten werden anders gerangschikt.

Vanaf dag één was Alberto met zichzelf overeengekomen dat de behoeften van zijn vrouw en kinderen boven die van het bedrijf gingen. En aan die belofte heeft hij zich altijd gehouden. Er ging geen verjaardag voorbij zonder zijn aanwezigheid. Ook bij ziekten als waterpokken of een oorontsteking bleef hij thuis. Als er brand was op kantoor dan was hij telefonisch bereikbaar. In alle andere gevallen vertrouwde hij op de kennis en kunde van zijn medewerkers om problemen eigenhandig op te lossen.

Vakanties waren hem heilig. Die plande hij dan ook een paar keer per jaar in. Zijn familie is nooit, maar dan ook nooit iets tekortgekomen. Ondanks de prioriteiten voor zijn familie boven het bedrijf groeide Bellini Yachts wereldwijd in naamsbekendheid. Het was Alberto Bellini gelukt om van het noodlijdende bedrijf dat Massimo Montasano hem had nagelaten een florerend en winstgevend bedrijf te maken.

Voor de kleine Alessandro waren het kantoor van zijn vader en de haven een tweede thuis. Het water en het varen zaten de kleine Bellini in het bloed. Vanaf dat hij een jaar of twee was wilde hij per se met zijn vader mee naar de haven. Als vader Bellini hem een keer thuis bij Allegra achterliet, omdat hij nog sliep bijvoorbeeld, zette hij het op een huilen. Hij jankte onophoudelijk totdat zijn vader weer huiswaarts keerde om hem op te halen. Toen hij leerplichtig werd vond Alessandro het moeilijk om te wennen aan de nieuwe situatie. Hij wilde niet naar school.

Het eerste jaar was dan ook een drama. Allegra en Alberto bleven vaak het eerste uur in het klaslokaal. Zodra Alessandro zich op een klasgenoot of een stuk speelgoed had gericht verlieten ze geruisloos het klaslokaal. In het tweede jaar werd hij vrienden met Luca. De aanwezigheid van Luca maakte het voor Alessandro iets aangenamer om naar school te gaan. In de weekenden ging de familie Bellini vaak varen en dat was voor Alessandro altijd een moment om naar uit te kijken. Hij kon er geen genoeg van krijgen. Het was dan ook vanzelfsprekend dat Alessandro ooit het bedrijf van zijn vader zou overnemen.

Toen het tijd was om een studierichting te kiezen koos hij voor Bedrijfseconomie. Na zijn studie werd Alessandro aangesteld als financieel directeur binnen Bellini Yachts. Hij heeft het altijd als een voorrecht ervaren om met zijn vader te werken. De kennis waarover zijn vader beschikte maakte van hem een bron van inspiratie voor Alessandro. Zijn vader was zijn grootste voorbeeld wanneer het aankwam op het maken van keuzes. Alberto Bellini liet zich niet leiden door het bedrijf, de financiën, kwartaalcijfers of de klant. Hij bestuurde zijn miljoenenbedrijf vanuit zijn hart. Hij acteerde naar wat goed voelde. En niet wat hem uiteindelijk meer zou opleveren aan het eind van het jaar.

Toen zijn vader vier jaar geleden plotseling aan een hersenbloeding overleed, had Alessandro het van alle kinderen het zwaarst. Met zijn vader heeft hij het altijd uitstekend kunnen vinden. Ze deelden veel met elkaar. Hun gesprekken gingen vaak over onderwerpen die mannen het liefst met elkaar bespreken. Vijf vrouwen in huis maakte dat ze veel met elkaar optrokken. Een onafscheidelijk team. Het verlies was dan ook enorm. Het verwerken werd een lang en pijnlijk proces. Wat hem al die jaren na het heengaan van zijn vader op de been heeft gehouden is zijn missie voor het bedrijf.

Op de dag dat zijn vader stierf heeft hij zichzelf voor een uitdaging gesteld. Hetgeen zijn vader had nagelaten moest niet alleen in stand worden gehouden, het moest groeien. Er werden nieuwe projecten uit de grond gestampt en er werden nieuwe samenwerkingsovereenkomsten gesloten met zakenpartners in het buitenland. Alessandro had voor zichzelf de pressie opgevoerd. Hij was druk, zeker de eerste drie jaar na het overlijden van Alberto Bellini. Nu, vier jaar later, is het gemis er nog steeds. Maar langzaam nemen de mooie herinneringen aan zijn vader de overhand. Dikwijls voert hij nog hele gesprekken met zijn vader. Voornamelijk op momenten dat hij ergens in vastloopt. Zijn vader is, ondanks zijn afwezigheid, nog steeds zijn grootste raadgever.

10

Olivia ontwaakt met een glimlach op haar gezicht. De klok boven de schrijftafel geeft aan dat het tien voor zes is. Ondanks het vroege tijdstip voelt ze zich uitgerust. Haar eerste dag op Capri was zeer indrukwekkend. Het was verrassend, in positieve zin. Capri heeft haar in slechts een dag weer bij zinnen gebracht. Dit eiland heeft haar enigszins wakker geschud. Dat 'niet meer aan de liefde doen' blijkt gelukkig van korte duur. Na Peter had ze niet gedacht dat ze het nog in zich had om wederom haar hart aan een vreemdeling te verliezen. Ze had zeker geen rekening gehouden met iemand als Luca. Het was immers haar voornemen om aantrekkelijke mannen gewoon te negeren of uit de weg te gaan. Ze deed niet meer aan emoties. Er was überhaupt geen tijd voor, want ze had een volle agenda. Er was genoeg te doen. Dat had ze zichzelf constant wijsgemaakt. Maar emoties en verlangens zijn geen schakelaars die je aan of uit kunt zetten. Dat is haar nu wel duidelijk geworden.

Ze stapt uit bed en doet de deuren open die naar de veranda leiden. Het vroege ochtendgloren is voor Olivia altijd een moment van genot. Samen met de dag, het landschap en de natuur ontwaken. Het is perfect. Wat ontbreekt is haar eerste kop cappuccino. Ze loopt naar de badkamer, poetst snel haar tanden en wast haar gezicht. Te veel make-up is niet aan haar besteed. Ze brengt wat eyeliner en mascara aan en stift haar lippen lichtroze. Ze heeft geluk dat ze van nature een knap gezicht heeft dat weinig make-up nodig heeft. Ze haalt een borstel door haar haren en slaat een badjas om.

In de eetzaal is het personeel druk bezig met de voorbereidingen voor het ontbijt dat rond half zeven klaar moet staan.

'Miss Olivia? U bent vroeg uit de veren.'

'Goedemorgen, Juan. Altijd. Ik hou van het ochtendgloren. Voor zessen is mijn genietmoment.'

'En een goed ontbijt mag dan uiteraard niet ontbreken.'

'Geen ontbijt, alleen een cappuccino, Juan.'

'Weet u het zeker? Want als u dat wilt, dan stel ik snel een ontbijtje samen.'

'Lief van je, Juan. Maar voor nu alleen cappuccino.'

'Een cappuccino komt eraan.' Juan loopt naar de koffie- en thee-hoek en bereidt eigenhandig een verse cappuccino voor Olivia. Hij neemt er de tijd voor. Wanneer hij terugkeert overhandigt hij Olivia een warme mok, met daarin de afbeelding van een bloem en een stralende zon.

'Wat een kunstwerk! Dankjewel, Juan.'

'Dat het u mag smaken, Miss Olivia.' Wanneer ze langs de receptie loopt wordt ze door de receptionist aangesproken.

'Mevrouw Martin, uw koffer is vannacht laat gearriveerd.'

'Echt?! Ze hadden inderdaad toegezegd dat het gisteren afgeleverd zou worden.'

'Het was iets na één uur toen het afgeleverd werd. Aangezien het al vrij laat was hebben we het in de achterkamer neergezet.'

'Na enen? Dat is inderdaad laat. Ik sliep op dat moment als een roos.' De receptionist glimlacht en knikt begrijpend. Hij verdwijnt naar een zijkamer achter de receptie en komt met Olivia's *Louis Vuitton* koffer terug. 'Dat is hem inderdaad!' gilt ze iets te enthousiast.

'Ik breng deze wel voor u naar boven,' oppert de receptionist vriendelijk. Samen lopen ze naar de lift. Op de tweede verdieping stappen ze uit en lopen richting de suite. De koffer wordt netjes in de suite neergezet. Olivia bedankt de receptionist hartelijk voor de moeite.

Terug op haar kamer loopt ze naar de veranda. Ze ademt een paar keer diep de zilte zeelucht in en neemt een eerste slok van haar koffie.

'Wat een heerlijk leven is dit!' Ze geniet in stilte van de ruisende golven, het gefluit van de vogels, het gefluister van de bladeren en het geroezemoes van stemmen op het terras dat zich beneden haar bevindt. Bij het horen van de jazzklanken van *So Amazing* staat ze vol tegenzin op. Ze werpt een blik op de display van haar telefoon.

'Peter?' *Dit meen je niet! En dat om half zeven in de ochtend!* Ze overweegt dit gesprek aan haar voorbij te laten gaan, maar haar nieuwsgierigheid krijgt de overhand. Wat hoopt ze eigenlijk te horen? Dat Peter zich bedacht heeft en dat hij haar vreselijk mist? Voordat ze er erg in heeft drukt ze op de verbindingsknop.

'Hallo?'

'Olivia? Wat klink jij opgewekt zo vroeg in de ochtend.'

'Dat was ik een paar seconden geleden ook echt. Wat kan ik voor je doen, Peter? En hoezo bel je iemand om half zeven in de ochtend?'

'Ik weet dat het vroeg is. Het spijt me. Maar ik heb je hulp nodig.' Typisch Peter. Hij heeft weer eens iets nodig. Puur en zakelijk.

'Fijn dat je ook vraagt hoe het verder met me gaat,' sneert ze.

'Wederom excuses. Maar ik word gewoon zo hyper van mijn nieuwe project. Ik ben zo enthousiast en kan niet wachten om het met je te delen.'

'Met mij te delen?' Olivia klinkt verbaasd. Voor zover zij weet hebben ze niets meer te delen. Ze wil ook niets meer met hem delen. Peter is een afgesloten hoofdstuk. Na haar eigen appartement voelt haar reis naar Capri als de volgende fase in haar nieuwe leven. Ze is aan een nieuwe episode begonnen, eentje waar geen ruimte is voor Peter.

'Maar hoe gaat het met je, Olivia? Je klinkt, ondanks die vijandige toon, opgewekt, blij, uitgerust zelfs.'

'Dat ben ik ook. Maar ik heb vandaag nog meer te doen, Peter. Dus waarvoor bel je?'

'Ik heb een nieuw bungalowpark gekocht.' Hij stopt met praten en wacht even.

Dan kun je lang wachten jongen, want die veren in je achterste die krijg je niet meer van mij, denkt Olivia. Zodra hij merkt dat Olivia totaal niet onder de indruk is, gaat hij verder met vertellen.

'Ergens in Zeeland.'

'Oké.' Ze loopt terug naar de veranda en neemt een slok van haar cappuccino.

'En ik zou willen dat jij de inrichting voor je rekening neemt.'

Een bungalowpark. Een heel bungalowpark! Wow, dat is nog eens een opdracht. Olivia weet dat hier een gigantische vergoeding tegenover kan staan. Maar een samenwerking met Peter, veertien maanden na het verbreken van hun relatie, komt voor Olivia nog te vroeg. 'En? Wat denk je? Je zou volgende week al kunnen starten.'

'Peter, ik heb nog niets toegezegd. En dat ga ik nu ook niet doen. Ik moet erover nadenken.'

'Nadenken? Waarover? Dit is voor jou een mega opdracht, Liv. Wat is het probleem?'

Jij bent het probleem, sukkel! Olivia wil haar ware emoties niet prijsgeven. Niet waar Peter bij is. Hoe kan hij in hemelsnaam zo normaal doen? Zo nonchalant en amicaal? Alsof er niets gebeurd is. Alsof hij haar niet als grofvuil buiten de deur heeft gezet! Voor Peter verbergt Olivia het liefst dat ze nog steeds herstellende is van een gekneusd hart. Het feit dat hij haar, zonder enige emotie te tonen, door een andere vrouw heeft vervangen stemt haar nog steeds droevig. Maar dat hoeft hij niet te weten. Dat genoegen gunt ze hem niet.

'Ik heb genoeg projecten lopen, Peter. Ik zit heus niet verlegen om werk.'

'Dat zal best. Je bent ook een van de beste binnen je vakgebied.' *Gevlei gaat vandaag niet werken, Peter. Ik heb er simpelweg geen behoefte aan. En al helemaal niet als het van jou komt.*

'Ik laat het je snel weten of ik de opdracht aanvaard of niet.'

'Dat is goed, maar...' Olivia is er klaar mee en verbreekt de verbinding. Dit gesprek heeft veel langer geduurd dan ze vooraf met zichzelf had afgesproken. Ze had Peter ook nu weer teveel van haar tijd gegeven. Tijd die ze had gereserveerd om van het ochtendgloren te genieten. En nu was het magische moment helaas voorbij.

Olivia had Peter tijdens een veiling van vakantieresorts leren kennen. Het waren voornamelijk vakantieresorts waarop eerder beslag was gelegd. De voormalige eigenaren bleken niet meer aan hun financiële verplichtingen te kunnen voldoen, waarna er door de bank beslag op de resorts was gelegd. Een overname van vakantieresorts gaat vaak gepaard met enorme verbouwingen en herinrichtingen. Op dat soort veilingen probeert Olivia vaak nieuwe klanten binnen te halen. Peter bleek een gefortuneerde hotelmagnaat. Hij had een wereldwijd hotelportfolio dat rijkelijk gevuld was. Hij was het soort man waarmee Olivia, gezien haar functie, dagelijks mee te maken had.

In het begin was hij voor Olivia attent en gul, elementen die volgens Peter noodzakelijk waren om een vrouw gelukkig te maken. 'En een gelukkige vrouw heeft niets te klagen,' zei hij frequent. Olivia heeft nooit getracht hem ervan te overtuigen dat zijn veronderstelling geen waarheid was. Het zal vast dat sommige vrouwen gul en attent als liefde interpreteren. Maar zo'n type vrouw was Olivia niet. Tegen de rest van de wereld was Peter zakelijk, koud en onpersoonlijk. Wat maakte dat hij vaak gestrest, geïrriteerd en uitgeblust thuis arriveerde. Iets spontaan ondernemen was niet aan Peter besteed. Er moest gewerkt worden. Zijn imperium vergroten was zijn allergrootste drijfveer om iedere dag zijn bed uit te komen.

Al na enkele weken veranderde zijn gedrag. Hij had het druk, geen tijd, een nieuwe overname. De lijst met zaken die belangrijker waren dan Olivia was meterslang. De druppel was toen hij haar verjaardag simpelweg vergeten was. Toen er bloemen thuis werden bezorgd en ze felicitaties via de telefoon kreeg had Peter pas door dat het haar verjaardag was. Geen cadeau, geen bloemen, geen romantisch diner. Ook niet in de dagen die volgden. Het bleek ook toen weer dat ze voor Peter een onbelangrijke factor in zijn leven was.

Net als Peter besloot Olivia uiteindelijk ook haar bedrijf tot haar grootste prioriteit te maken. Langzaam maar zeker werd ook Peter een onbelangrijke factor in haar leven. Hij verdween naar de onderkant van haar prioriteitenlijst. Daardoor besefte Peter dat er iets veranderd was. Dat hij geen prioriteit meer was in iemands leven was voor hem onacceptabel. Olivia merkte aan alles dat haar nieuwe focus hem dwarszat. Maar ook het feit dat ze eigen baas was, haar eigen vermogen had en haar eigen problemen oploste zonder hem te consulteren, waren allemaal kleine aspecten waardoor zijn liefde voor Olivia steeds meer vervaagde. In de afgelopen jaren was Olivia volgens Peter te eigenzinnig geworden en had ze overal een te uitgesproken mening over. Olivia bleek voor Peter een te sterke persoonlijkheid. Het kostte hem daarom weinig moeite om na twee jaar een punt achter hun relatie te zetten. Olivia herinnert zich die dag als de dag van gisteren, hoewel het alweer veertien maanden geleden was.

Ze arriveerde thuis na een hele dag doorgebracht te hebben tussen puin en stof bij een renovatie in een grachtenpand. Peter stond haar op de stoep op te wachten. Aan zijn voeten een aantal vuilniszakken. Al snel realiseerde ze zich dat hij die voor haar daar had neergezet. Peter was die ochtend als een razende door hun appartement gegaan en had al haar bezittingen oneerbiedig en respectloos in vuilniszakken gedaan. Hij was er klaar mee. Klaar met hun relatie. Ondanks dat Olivia de breuk had zien aankomen had ze toch haar best gedaan om nog iets van hun relatie te maken. Maar ook zij wist dat het moment waarop zij en Peter uit elkaar zouden gaan onvermijdelijk was. Ze had alleen gehoopt dat het in samenspraak was gegaan en niet een beslissing die Peter van de ene op de andere dag in zijn eentje had genomen.

Na twee jaar had hij zich als bij toverslag gerealiseerd dat ultiem geluk voor hem een hereniging met zijn ex Trudy betekende. Trudy was anders dan Olivia, twee absolute tegenpolen. Bij iedere beslissing had Trudy instemming van Peter nodig. Ze deed niets zonder zijn goedkeuring. Als een poppetje zonder eigen leven bleef ze thuis. Gewillig opgesloten in een kooitje dat Peter voor haar gecreëerd had. Olivia had in Peter geen vaderfiguur gezocht, maar een maatje. Een gelijkgestemde. Waar ze bij Peter naar verlangde was enkel liefde, affectie en respect. Het gebrek aan deze gevoelselementen maakte van hem, ondanks zijn miljoenenimperium, een arm mens. Het bizarre is dat hij zich dat absoluut niet realiseerde.

Met een auto vol vuilniszakken reed Olivia weg van haar oude leven. In haar achteruitkijkspiegel zag ze Peter, de ware Peter. Het liefst had ze haar auto in zijn achteruit gezet en was ze een paar keer tegen hem aangereden. Maar hij was het niet waard om jarenlang voor achter de tralies te verdwijnen. Ze reed de snelweg op zonder gedefinieerde eindbestemming. Ze had absoluut geen idee bij wie ze tijdelijk zou kunnen intrekken. Haar ouders wilde ze hier absoluut niet mee lastigvallen.

Ze stopte bij een wegrestaurant om een cappuccino te halen en even op adem te komen. Uiteraard zou ze bij Joan terechtkunnen. Haar huis had immers kamers genoeg. Maar Joan woonde sinds een jaar samen met Mark. Een hele leuke en lieve vent. Dat gaf logeren bij Joan toch iets ongemakkelijks. Het zou niet hetzelfde zijn als vóór Mark. Toen betekende logeren nachten doorhalen, junkfood eten, veel ijs en veel films kijken. Tijdelijk bij Alex logeren was een andere optie, maar ook die wilde ze niet lastigvallen. Wat Olivia wilde was rust en ruimte voor zichzelf. Logeren zou betekenen dat er constant naar haar gemoedstoestand geïnformeerd zou worden. Mensen om haar heen die alleen maar medelijden met haar zouden hebben. Dat was het laatste dat ze wilde. Er moest een andere oplossing zijn.

Ze zocht op Google naar huizen die per direct te huur waren. Helaas bleek haar zoekopdracht weinig goeds op te leveren. De huizen die beschikbaar waren stonden in buurten waar ze totaal niets mee had. En opeens flitste er een banner bovenaan haar scherm. Een strandhuis in Noordwijk aan Zee. Ze belde de aanbieder en kon nog diezelfde dag de sleutels ophalen. Het strandhuis stond op een afgelegen stuk grond dat iets verder van het strand lag. Deze strandhuizen, het waren er een stuk of tien, mochten buiten het zomerseizoen gewoon blijven staan. De eigenaresse vertelde Olivia dat er nog drie huizen bezet waren. Aangezien het zomerseizoen nog maanden op zich liet wachten bood de eigenaresse haar een schappelijke huurprijs.

Ondanks het verdriet beviel het leven aan zee haar beter dan ze vooraf had kunnen voorzien. Een korte vakantie zat er voor Olivia niet in, omdat ze op dat moment twee lopende opdrachten in Amsterdam had. Het peddelen tussen Noordwijk en Amsterdam ging voorspoedig. In de avonden maakte ze lange strandwandelingen. Dat hielp om de drukte en stress van de werkdag los te laten. In de weekenden stond ze nog vroeger op dan normaal. Ze vond het fantastisch om in de vroege ochtend, voor dag en dauw, met een kop koffie in de hand over het strand te lopen. Na twee maanden in het strandhuis deed ze een bod op een woning in Amsterdam-Zuid dat meteen werd geaccepteerd.

Ze liet er geen gras over groeien en begon meteen na ontvangst van de sleutel met klussen en inrichten. Tussen de uitvoering van haar opdrachten door stelde ze online en in haar favoriete meubelzaken haar inboedel samen. Alex, Joan, Mark, maar ook haar ouders bleken goede kluskrachten. Dit zou haar eigen plekje worden. Een huis waar niemand haar ooit uit zou kunnen zetten. Dat gaf Olivia een euforisch gevoel. Ze had in haar eentje een grote overwinning geboekt.

In een week tijd had ze haar slaapkamer en de keuken geschilderd, behangen en betegeld. De keuken was volledig voorzien van de nieuwste inbouwapparatuur. Alleen de achterkant van het aanrecht wilde ze veranderden. De doucheruimte en het toilet waren pas gerenoveerd, dus die waren perfect. De donkere mahoniehouten vloer die er lag was dat eveneens. Nadat de keuken en slaapkamer op orde waren kon ze de overstap van strandhuis naar appartement eindelijk maken. Vanuit het strandhuis had ze alleen kleren en accessoires te verhuizen. De verhuizing was met een enkel ritje Noordwijk aan Zee – Amsterdam-Zuid daarom een feit.

In de maanden die volgden was ze druk met het uitvoeren van een opdracht in London voor de aankleding van een viersterren boutique hotel. Bij terugkomst in Amsterdam ontving ze een email van Bellini Yachts met het verzoek om een offerte aan te leveren. Ze werkte de plannen uit en stuurde ze een offerte toe. Toen ze een maand geleden van Bellini Yachts de acceptatie op haar voorstel ontving was ze dolgelukkig.

Terugkijkend op de afgelopen maanden had ze veel bereikt. Ze had haar eigen appartement op orde, de grachtenappartementen aangekleed opgeleverd, de opdracht in Londen afgerond en een nieuwe opdracht op Capri binnengehaald. Op een meidenavond met Joan, waarbij er meer Ben & Jerry's werd geconsumeerd dan goed voor ze was, besefte Olivia dat ze al haar successen met niemand kon delen. Uiteraard waren haar ouders er, en Alex en Joan. Maar haar successen met hen delen was toch anders dan ze delen met een maatje. Maar voor het vinden van een maatje moest ze haar nieuwe mantra 'ik doe niet meer aan de liefde' overboord gooien. Dat was makkelijker gezegd dan gedaan. Hoe hard ze ook haar best deed, ze had er simpelweg het lef niet voor om de liefde opnieuw toe te laten.

⁓

Als Olivia terugdenkt aan die verhuizing en de aanschaf van haar eigen appartement voelt ze wederom iets van trots over zich heenkomen. Maar al snel is ze weer terug bij vandaag. Olivia is woest dat Peter haar nieuwe dag enigszins verpest heeft. Een uurtje geleden waren haar humeur en gemoedstoestand totaal anders. Nu is alles omgeslagen. Ze is terneergeslagen door de herinneringen van maanden geleden. Het verdriet en de emoties zijn terug, evenals de hartverscheurende pijn. Ze pakt haar telefoon en besluit Alex te bellen.

'Hé Liv. Hoe gaat het op het eiland? Niets ondergelopen?'

'Prima. En met jou?'

'Zo klink je anders niet.' Alex blijft stil en geeft haar de tijd om haar verhaal te doen.

'Zuurpruim heeft me net gebeld.'

'Echt? Wat wilde die klootzak? Hopelijk heb je meteen de verbinding verbroken! Dat zou ik gedaan hebben.'

'Hij heeft een opdracht voor me.'

'Dat meen je niet! Die gast heeft echt geen gêne. Hoezo wil hij jou inhuren, na alles wat hij heeft gedaan?' Alex klinkt woest. Het maakt dat zij weer iets kalmer wordt, nu ze iets van haar ontsteltenis heeft kunnen delen.

'Die heeft geen ruggengraat. Totaal niet. Maar dat is geen geheim, althans niet voor ons. Hij heeft wel alles over voor zijn bedrijf. Dus ook mij op zijn knieën benaderen voor het uitvoeren van een klus.'

'Hopelijk heb je hem bedankt en gezegd dat hij zijn opdracht lekker in zijn gootsteen kan steken!'

'Nou, niet echt.'

'Liv! Dit kun je niet menen. Na al die...'

'Lex, rustig. Ik heb hem gezegd dat ik erover na zou denken. Maar dat is niet nodig. Die opdracht is voor iemand anders, zeker niet voor mij. Laat hem maar lekker op mijn telefoontje wachten.'

'Goed.'

'Maar hoe gaat het met jou? Nog langs de oudjes geweest?' De ouders van Olivia en Alex wonen twee straten verwijderd van Alex in Ouderkerk aan de Amstel. Toen Alex op zichzelf ging wonen vond hij het een goed idee om zo dicht mogelijk in de buurt van zijn ouders te blijven. Zo hoefde hij nooit zelf te koken of de was te doen.

'Paps is gisteren geweest en heeft geholpen met het vervangen van de tegels op het balkon. Er moet nog het een en ander gebeuren, maar dat doen we dit weekend. En dan gaat ma zich weer helemaal uitleven met het vullen van de bloembakken.'

'Klinkt gezellig. En je werk?'

'Druk.' Alex heeft, net als zijn zus, van zijn hobby zijn beroep gemaakt. Hij is zelfstandig ondernemer. Zijn bedrijf is gespecialiseerd in het ontwikkelen van nieuwe games voor Xbox, PlayStation en allerlei andere grote spelers binnen de game-industrie. Verder ontwikkelt zijn bedrijf spelletjesapps. Zijn opdrachtgevers zitten verspreid over de hele wereld en hij heeft inmiddels tien medewerkers in dienst. Olivia heeft zich weleens verbaasd over hoe gewenst het creatieve brein van haar broer is. Hij verdient er ook nog eens belachelijke bedragen mee. 'Over werken gesproken. Ik moet naar kantoor. Spreek je snel weer.'

'Ja, ik ga ook maar eens beginnen.' Ze neemt afscheid van Alex, gaat aan het bureau zitten en opent de map met daarin de plannen voor Bellini Yachts.

11

De ochtend gaat als een wervelwind voorbij en al snel is
het tijd voor Alessandro om richting Villa Excellence te
vertrekken. Onderweg belt Alessandro met Luca voor een laatste update rond de onderdelen voor de Fiat van Olivia. Luca
informeert hem dat de onderdelen gearriveerd zijn en dat Tom
praktisch klaar is met het vervangen van diverse kabels in de kabelboom.

'Gisteren ben ik totaal vergeten te vragen hoe je weerzien met
mevrouw Fiat was.'

'Dat ging prima. Geen bijzonderheden,' antwoordt Alessandro
zo kalm als maar kan.

'Geen bijzonderheden! En jij denkt dat ik dat geloof? Je moet
echt met een beter antwoord komen, vriend,' gaat Luca verder.
'Waar had je de Range Rover anders voor nodig?' Alessandro zucht
diep. 'Ik heb mezelf dit keer behoorlijk in de nesten gewerkt, Luc.'

'Hoezo? Vond ze je onverwachte bezoek ongepast?'

'Nee, ze was aangenaam verrast. Dat zag ik in haar ogen en haar stem klonk vrolijk, opgewekt.'

'Oké.' Luca blijft stil, waarschijnlijk in de veronderstelling dat er nog meer is dat Alessandro kwijt wil.

'Op een gegeven moment zocht ze zelf iets van toenadering.'

'Zij? Weet je het zeker? Heb je de signalen niet verkeerd geïnterpreteerd? Je weet wel, zoals ik zo vaak doe!' Luca daagt hem uit om iets meer prijs te geven.

'Nee, ik weet heus wel wie letterlijk de eerste stap zette. Het was Olivia.'

'En toen?'

'Ik ben erin meegegaan. Een zwak moment. Waarom juist gisteravond?'

'Less, die vraag kan ik helaas niet voor je beantwoorden. Dat is iets waar je zelf achter moet zien te komen. Maar volgens mij is het zo helder als water. Je vindt haar gewoon leuker dan goed voor je is. Vanaf het moment dat je ontdekte dat het geen gevalletje lege tank was, was je al verloren. Een schoonheid met haar hoofd onder de motorkap is gewoon jouw ding. Het was een strijd die je nooit zou kunnen winnen. Ook niet als je goed voorbereid ten strijde was getrokken, mijn vriend. En dit gevoel overkomt ons allemaal weleens. Nu is het jouw beurt. Het enige advies dat ik je kan geven is: geniet ervan. Doe wat je moet doen, maar geniet ervan. Biecht als eerste op dat jij geen Luca bent. En wacht af wat er dan gebeurt. Het kan vreselijk misgaan, maar ze kan ook de humor ervan inzien. Je weet het nooit.'

'Sinds wanneer ben jij zo verstandig geworden?' vraagt Alessandro ietwat verbaasd.

'Ik heb een oudere broer die superslim is en altijd de juiste dingen zegt en doet. Raad van hem is goud waard,' antwoordt Luca nu nog iets serieuzer.

'Dank je, jongen. Later, want we hebben voor vandaag nog een ijsdate staan.'

'Zoveel dat we over onze nek gaan,' bevestigt Luca lachend.

Luca heeft in alle opzichten gelijk. Maar of alle kaarten op tafel gooien op dit moment in het spel de juiste zet is, dat is iets waar Alessandro nog niet helemaal van overtuigd is. De tijd die hem rest om alles op te biechten tikt letterlijk weg. Misschien is het voor nu maar beter om alles op zijn beloop te laten. Wanneer zich een moment aandient om een bekentenis te doen zal hij dat zeker niet nalaten. Maar er staat veel op het spel. Het zou weleens het einde kunnen betekenen van zijn prille vriendschap met Olivia. Dat zou onverteerbaar zijn. Voor Olivia waarschijnlijk net zo onverteerbaar als voor hem. Die kus van gisteravond heeft ook haar gevoelens voor hem prijsgegeven. Er zat meer in de beantwoording van die kus dan alleen interesse en passie. Er zat verlangen in, verlangen naar meer. Allemaal emoties die voor hem een voorbode zijn dat dit contact meer is dan een zomerliefde.

Inmiddels is hij aangekomen bij Villa Excellence. Hij belt Olivia om te zeggen dat hij gearriveerd is. Het horen van haar stem bevestigt dat zijn gevoelens voor haar intens zijn. Het liefst zou hij haar voor altijd in zijn armen sluiten en haar nooit meer laten gaan. Het is echter ondenkbaar dat hun vriendschap na zijn bekentenis ongeschonden blijft. Hij betreurt het dat vandaag misschien wel de laatste dag zou kunnen zijn dat hij haar in zijn armen sluit. De voordeur gaat open en zijn hart gaat sneller kloppen. Ook vandaag ziet ze er weer buitengewoon sexy en beeldschoon uit. Het zien van haar glimlach doet zijn hart smelten. Het doet hem totaal vergeten dat deze vriendschap waarschijnlijk nooit meer zal worden dan wat het nu is.

❦

Dat Peter met zijn vroege gezwalk haar perfecte ochtendgloren heeft verpest is Olivia op slag vergeten wanneer ze de Range Rover van Luca op de parkeerplaats ziet staan. Ze heeft zich voorgenomen om van deze dag te genieten. Als Capri iets te bieden heeft dan moet ze er maar in geloven en erin meegaan. Een gebroken hart is vreselijk. Dat kan Olivia niet ontkennen. Maar het ontdekken van een nieuwe liefde is het meer dan waard. Die onverwachte kus van de avond ervoor heeft haar daarvan overtuigd. Vechten tegen gevoelens en emoties waar je geen invloed op hebt is zinloos. Misschien zou ze af en toe ook haar gezonde verstand aan het woord moeten laten. Zelf is ze er nog niet zo van overtuigd. Wat heb je aan gezond verstand wanneer het verlangen naar iets als de liefde door je lijf giert? Wie kan weerstand bieden tegen een inwendige storm van verlangen? Luca stapt uit en houdt de deur voor haar open. Ze weet niet zo goed hoe ze hem moet begroeten. Een hand? Een kus op de wang? Gewoon hallo? Ze wil niet al te lang dralen, dat voelt ongemakkelijk.

'Hi Luca,' zegt ze uiteindelijk. Hij buigt voorover en geeft een kus op haar wang. Hij stapt in en staart haar enige tijd zwijgend aan. Zijn blik brengt haar in verwarring en de twijfel slaat toe. Het maakt haar onzeker over haar uiteindelijke kledingkeuze. Voor hun lunchafspraak wilde Olivia niet alles uit de kast halen. Ze heeft daarom gekozen voor een gele vlinderblouse met mouwen die halverwege om de bovenarm gedrapeerd zijn. Daaronder een witte capripantalon en gele leren es-

72

padrilles. Verder een cognackleurige riem met een gouden gesp en een cognackleurige leren schoudertas.

'Wederom wow! Ik kan niet anders zeggen dan dat ik je vandaag nog prachtiger vind dan gisteravond.' Pfff! Ze ademt langzaam uit. In afwachting van wat hij echt van haar verschijning vond, heeft ze onbewust enige tijd haar adem ingehouden.

'Ik word helemaal verlegen van al die complimenten. Maar heel lief van je. En jij. Vandaag in een pak en een stropdas? Een speciale gelegenheid in de garage?'

'Ja, er staan diverse afspraken vandaag op de agenda die deze zakelijke manier van kleden nou eenmaal vereisen. Geloof me, dit is niet mijn favoriete outfit.'

'Het staat je overigens fantastisch.'

'Echt?' vraagt hij iets onzeker.

'Ik meen het.' Even is ze stil terwijl ze hem glimlachend aankijkt. 'Leugens vertellen is niet echt mijn ding. Ik ga altijd voor de waarheid, hoe pijnlijk die ook is. Dus dat het pak je fantastisch staat is mijn oprechte mening.'

'Dan zal ik dat maar voor lief aannemen. Jij ook bedankt voor het compliment.' Ze kijken elkaar enige tijd aan en hij pakt plots haar hand vast. Hij geeft er spontaan een kus op. 'Sorry, ik kon het niet laten.' Olivia sluit haar ogen en geniet van zijn huid op de hare. Wanneer ze haar ogen weer opent staren die donkere koffiekleurige ogen haar bewonderenswaardig aan. Haar hele wezen hunkert ernaar om de draad weer op te pakken waar ze gisteravond gebleven waren. Ze vreest alleen dat ze dan niet meer van de parkeerplaats afkomen. Hij laat haar hand met enige tegenzin los en start de auto.

Terwijl ze de weg opdraaien vraagt hij naar haar eerste indrukken van Capri, waardoor de sfeer in de auto minder beladen aanvoelt. Ze deelt haar bevindingen, die tot nu toe alleen maar positief zijn. Capri heeft haar aangenaam verrast en haar hart gestolen. Ze kan niet anders dan toegeven dat ze verliefd is op Capri. In het bijzonder op één van zijn eilandbewoners. Die informatie deelt ze uiteraard niet met hem. Of ze er verstandig aan doet om haar verlangens de vrije loop te laten is nog maar de vraag. Het is nog maar kortgeleden dat Peter haar het huis uit had gezet. Is ze wel klaar voor een nieuw avontuur? Zondag huiswaarts keren met een gebroken hart is niet haar idee van het afsluiten van haar prachtige Capri-avontuur. Ze rijden de bergen in en slingeren langzaam naar beneden. Olivia vindt het fijn dat ze niet achter het stuur zit. Zo heeft ze de tijd om het schoon dat Capri te bieden heeft in zich op te nemen.

'Hoe kan iets zo prachtig en adembenemend zijn? Ik kan me voorstellen dat wanneer je hier geboren bent, je nooit maar dan ook nooit het eiland zult verlaten.'

'Inderdaad, de schoonheid van sommige dingen is verbazingwekkend,' zegt hij terwijl hij haar snel een blik toewerpt. De bochtige weg eist de nodige aandacht. Hij richt zijn ogen daarom weer snel op de weg. 'Ik kan het me ook niet voorstellen dat ik ooit dit eiland de rug toe zal keren. Dit eiland, de lucht, het water, de geuren van de bloemen, het zit allemaal in mijn bloed. Loslaten is ook geen optie. Maar dat is met alles wat je lief is,' zegt hij er zachtjes achteraan. Alsof hij dat laatste meer tegen zichzelf zegt dan tegen haar.

12

In de haven aangekomen stappen ze uit. Ze lopen in de richting van een van de aanlegsteigers. Het is druk en de baai ligt bezaaid met tientallen kleurrijke luxe en minder luxe jachten, overige pleziervaartuigen en vissersboten, groot en klein. Ze stappen aan boord van een Bellini Mini Cruiser, een soort speedboot.

'Bellini! Dat is toch een heel bekend merk hier op het eiland?' vraagt Olivia terwijl ze plaatsneemt op een van de stoelen.

'Inderdaad. Het beste merk dat ze momenteel op het eiland produceren. Als je goed kijkt zul je merken dat de hele baai vol Bellini's ligt. De lokale productie drukt de kosten enorm. Praktisch niets, op wat materialen na, wordt geïmporteerd. En dat scheelt wanneer het op de prijs aankomt.'

'Nu je het zegt!' Olivia werpt enkele blikken links en rechts over de jachthaven en moet hem gelijk geven. 'Alsof ze als confetti over de baai zijn uitgestrooid.' De trossen worden losgegooid en de tocht kan beginnen. Ze varen in een rustig tempo naar een andere kant van het

eiland. Hoewel Olivia dit allemaal prachtig vindt, vraagt ze zich af
of ze zich vergist heeft. Ze had namelijk een lunch verwacht. En dus
een rit de bergen in omhoog naar Capri-stad, om vervolgens plaats te
nemen op een terras of in een lunchroom. Maar niets van dat. Ze gaan
dus blijkbaar een stukje varen. Haar maag begint tegen te sputteren.
Ze had tijdens het ontbijt iets minder gegeten dan normaal, rekening
houdend met een uitgebreide lunch.

'En wat brengt jou naar het eiland?' Olivia is een beetje verrast door
de vraag. Ze overweegt alles te vertellen, maar bedenkt zich en gaat
voor de halve waarheid. Dat ze deels hier is om de stukken van haar
gebroken hart weer bij elkaar te lijmen, is iets dat ze liever voor zichzelf
houdt.

'Een opdracht. Ik ben interieurarchitect.'

'Wow, dat klinkt indrukwekkend.'

'Valt best mee. Ik koop heel veel leuke en vooral dure spullen met
andermans geld. Dat is waar het in grote lijnen op neerkomt. Mijn
nieuwe opdracht is voor Bellini. Ik heb morgen een afspraak met de
eigenaar,' gaat Olivia verder.

'En je wordt er vast ook nog eens vorstelijk voor beloond.'

'Niets is gratis, zeker vandaag de dag niet.' Hij lacht hartelijk.

'Op het gebied van relaties?'

'Wat wil je precies weten?'

'Of je op vrouwen valt bijvoorbeeld.' Olivia moet keihard lachen
om die onverwachte opmerking. Hij heeft echt humor. Ze kan niet
anders zeggen. Met hem communiceren heeft iets ongecompliceerd.
Er wordt vaart geminderd. Ze parkeren voor de opening van wat op
een grot lijkt. Er varen enkele bootjes de grot uit. Luca spreekt in
het Italiaans tegen een oude, kleine grijsaard in een bootje dat aan

de zijkant van de grot is aangemeerd. Ze geven elkaar een hand en de man knikt. Zodra alle bootjes uit de grot verdwenen zijn varen zij naar binnen. De oude, kleine grijsaard bevestigt een ketting over de breedte van de ingang van de grot, waaraan bordje bevestigd is. Wat er op dat bord staat kan Olivia vanuit de grot niet lezen. Ze varen naar het midden van de grot en het anker gaat uit.

'Het is prachtig hier! Dit is echt het helderste water dat ik ooit gezien heb. Hoe kan het zo blauw zijn?' Ze kijkt van het water weer omhoog.

'Deze grot dankt zijn naam aan die blauwe kleur. Het heet *La Grotta Azzurra*, oftewel de blauwe grot.'

'En wat een rust! Zo heerlijk dat we in alle stilte van al dit moois kunnen genieten.' Olivia is door alle schoonheid haar praktisch lege maag vergeten. Maar aan de lunch is zeker gedacht. Er wordt een picknickmand uit een luik getoverd. De mand wordt neergezet en zorgvuldig uitgepakt. Van broodjes en salades, tot fruit en wijn.

'Maar ik wacht nog steeds op een antwoord. Geen vriendin?'

'Nee, vrouwen zijn niet echt mijn ding.'

'Niet? Je weet niet wat je mist.'

'Het klinkt alsof jij veel verstand van vrouwen hebt,' kaatst Olivia terug. Opeens flitsen de woorden van Marge "wild en onvolwassen" door haar hoofd.

'Ik? Ik doe maar alsof. Ik heb vier oudere zussen, een moeder en nog een oma van 92. Dus meer vrouwen in mijn leven dan me lief is. Maar soms heb je het gewoon niet voor het kiezen. Dat geldt zeker waar het zussen betreft. Toch zou ik ze geen van allen willen missen. Ik heb met ieder van hen een bijzondere band.'

'Vier zusters! Wow, wat een rijkdom. Ik heb een oudere broer.'

'Alex was het toch?'

'Goed onthouden! En nog andere vrouwen in je leven?' vraagt Olivia. Een vraag waarop ze dolgraag het antwoord wil weten. Of misschien toch niet?

'Nog meer dan die zes die ik net opgesomd heb?' Hij kijkt Olivia aan, glimlacht en schudt zijn hoofd. 'Nee, sinds een jaar ben ik vrijgezel. Na een onstuimige relatie van een jaar had ik er op dat moment genoeg van. Ik besloot het toen rustig aan te doen en tijd te maken voor mezelf en het bedrijf. En jij?' Na zijn openhartige relaas over zijn mislukte relatie voelt Olivia dat ook zij open kaart moet spelen wat haar gestrande relatie betreft.

'Ook vrijgezel, sinds veertien maanden. En ik moet zeggen dat ik het vreselijk vind. Ik ben iemand die graag dingen deelt. Samen spontaan activiteiten ondernemen. Het was ook niet mijn beslissing om uit elkaar te gaan. Peter heeft besloten er na twee jaar een punt achter te zetten.'

'Dat moet een pijnlijke ervaring geweest zijn,' zegt hij met iets van medelijden in zijn stem.

'Ik had het zien aankomen, maar toch overviel het me toen het moment er opeens was. Zijn mededeling dat hij ons niet meer zag zitten kwam hard aan. Ik had altijd gedacht dat we er eerst over zouden praten, en dat er dan heel misschien toch nog iets goeds van zou komen. Ik leefde namelijk in de veronderstelling dat als we bereid waren water bij de wijn te doen onze kapotte relatie zich alsnog zou kunnen ontpoppen tot iets moois. Helaas had Peter in zijn eentje besloten dat er voor ons geen toekomst was, althans niet samen. Ik had het idee dat ik gefaald had. Ik ben dagelijks bezig met het creëren van een thuis voor vreemden die ik niet eens ken. Maar ik was er niet in geslaagd om hem een gelukkig thuis te geven.'

'Niemands geluk is van een ander afhankelijk. In een relatie is het volgens mij niet de taak van de ander om je gelukkig te maken. Hoe gelukkig je bent hangt van jezelf af.' Zo had Olivia het nog nooit bekeken. 'Verkeerde keuzes in de liefde heb je altijd. Soms duurt het gewoon een poosje voordat je realiseert dat de interesses van partners te ver uit elkaar liggen.'

'Achteraf gezien pasten Peter en ik absoluut niet bij elkaar. Hij is zakelijk, gedreven en een resultaatgerichte maniak.'

'Maar dat ben jij ook. Dat is iedereen die een eigen onderneming heeft. Zijn dat volgens jou dan slechte eigenschappen?'

'Nee, zeker niet slecht. Als ondernemer ontkom je er niet aan om zakelijk en gedreven te zijn. Ik hoef alleen maar naar mezelf te kijken om dat te beamen. Ik ga voor perfectie en daag mezelf constant uit. Leg de lat ook steeds hoger. De nieuwe opdracht moet beter uitpakken dan de opdracht ervoor. Maar Peter is anders. Geobsedeerd, haast ziekelijk, evenals alle gefortuneerde ijsberen waar ik in mijn werk mee te maken heb.'

'De puzzel is compleet. Jij hebt gewoon een hekel aan rijke mannen. Dat maakt jou wel een unicum onder het vrouwelijk geslacht.'

'Is dat zo?' vraagt Olivia nu hardop lachend. 'Het is niet dat ik echt een hekel aan ze heb, maar ze zijn vaak zo gedreven en gefocust op meer fortuin vergaren dat het leven totaal aan ze voorbijgaat. Waar doe je het dan allemaal voor? En al die gedrevenheid maakt dat ze koud, afstandelijk, onpersoonlijk, introvert en klagende zuurpruimen worden.'

'Je hebt liever een man zonder fortuin?' vraagt hij plagend.

'Voor het fortuin heb ik geen man nodig. Ik heb mijn eigen fortuin.'

'Jij wel,' zegt hij spottend. Ze glimlacht naar hem en gooit speels een druif naar hem.

'Een man zie ik meer als een maatje, iemand waar je echt lief en leed mee deelt. Waarmee je geheimen deelt en dromen en toekomstplannen maakt. Een man die zijn wederhelft met respect behandelt, ook al verdient ze twee keer zoveel als hij. Een man die je spontaan verrast met een picknick en niet eentje die nooit tijd heeft om maar zelfs een ijsje met je te gaan eten.' Olivia gaat maar door alsof ze in een soort trance is geraakt. Ze realiseert zich dat al deze dingen aspecten zijn die ze in Peter heeft gemist, zonder er erg in te hebben gehad.

'Zie hier, een picknick. Op een werkdag welteverstaan. Is dit wat je in gedachten hebt bij een maatje?' Hij werpt haar een speelse blik toe. Hij ligt ontspannen op zijn zij en ondersteunt met een arm zijn hoofd. *Jij bent inderdaad wat ik in gedachten heb bij het perfecte maatje.*

'Het is zeker een goed begin. En als je ook nog eens geen fortuin bezit, dan zou je zowaar een goede kandidaat kunnen zijn.'

'Ik weet het goedgemaakt. Wat als ik een advertentie voor je plaats in ons plaatselijk dagblad met de tekst: levenspartner gezocht zonder fortuin?' Ze moet hartelijk lachen en spontaan sluit hij haar in zijn armen. Dat voelt fijn. Ze kent hem nog maar net, maar hij voelt vertrouwd. Alsof ze elkaar al jaren kennen. Liggend op het voorsteven genieten ze van de verrukkelijke versnaperingen. De wijn smaakt subliem.

'Dit is de meest perfecte lunch die ik ooit aangeboden heb gekregen.' Nu kan zij het niet laten en kust hem spontaan. Hij slaat een arm om haar heen, trekt haar iets tegen zich aan en beantwoordt haar kus met nog meer passie dan de avond ervoor. Het kussen gaat over in strelen en Olivia laat zich, tegen beter weten in en met de stem van Marge in haar achterhoofd, helemaal meevoeren op de blauwe golven.

Ze liggen ontspannen in elkaars armen wanneer de telefoon gaat. Hij zucht lichtelijk terwijl hij zijn mobiel tevoorschijn haalt. Olivia werpt een blik op zijn display en ziet de naam Luisa staan. Ondanks haar voornemen om geen gevoelens voor wie dan ook tijdens deze vakantie te ontwikkelen stemt het zien van een vrouwennaam haar droevig. Het doet haar meer dan ze had verwacht. Maar wat weet ze eigenlijk van deze Luca? Wat maakt dat ze, ondanks haar voornemens, toch langzaam begint te smelten voor zijn charmes? Stiekem bekruipt haar het gevoel dat ze te hard van stapel loopt. Het blijkt kantoor te zijn. Luisa is zijn assistente en hij is te laat voor een meeting. Olivia is opgelucht. Ze varen in vijftien minuten in een rustig tempo terug naar de haven. Ze meren aan en het jacht wordt professioneel aangelijnd. De lege picknickmand gaat mee naar de auto.

Op weg richting Villa Excellence wordt er weinig gesproken. De afgelopen uren roepen bij Olivia veel vragen op. De behoefte om die gedachten met Luca te delen heeft ze echter niet. Te huiverig voor zijn antwoorden op haar vragen. Die antwoorden zouden zowaar een einde kunnen maken aan de euforische en verliefde stemming waarin ze verkeert. Ze is er nog niet klaar voor om die vlinders in haar buik vrij te laten. Ze wil ze zo lang als maar kan bij zich houden. Luca parkeert voor de villa.

'Bedankt voor de leuke middag. Ik heb echt genoten.' Het is Olivia die als eerste de conversatie hervat.

'Het genot was wederzijds,' is zijn antwoord. 'Olivia,' hij pakt haar hand en werpt haar een serieuze blik toe. 'De aantrekkingskracht tussen ons kan ik niet verklaren. Het voelt fijn, alsof ik je al jaren ken.'

'Voor mij geldt hetzelfde,' beaamt Olivia.

'En daarom wil ik eerlijk tegen je zijn.'

'Eerlijk? Wat bedoel je precies?' Haar stem klinkt onvast en het feit dat de zenuwen langzaam door haar lichaam beginnen te gieren maakt dat haar stem licht begint te trillen. Hij geeft geen antwoord. In plaats daarvan staart hij recht vooruit naar de voordeur van de villa. Hij haalt een keer diep adem terwijl hij haar handen in de zijne pakt en haar aankijkt. In zijn blik leest ze iets van verdriet of spijt. 'Zeg het me alsjeblieft. Hoezo ben je niet eerlijk tegen me geweest?' Hij zwijgt. 'Maar waarover dan? Zoveel gesprekken hebben we niet met elkaar gevoerd. Dus hoezo?'

'Mijn naam is geen Luca.'

'Wat?! Waarom zou je daarover liegen? Dan heb je zeker ook geen garage? Is dat soms een nieuwe manier van auto's stelen? Onder de neus van de chauffeur? Dat is knap brutaal.'

'Die garage is echt van Luca. Hij is mijn beste vriend. Zo af en toe help ik hem in de garage. Zo ook die dag toen jij autopech had.' Olivia probeert te luisteren naar wat hij zegt, maar de helft komt niet binnen. Ze moet nog steeds de informatie verwerken dat hij niet is wie ze dacht dat hij was. Langzaam trekt ze haar hand terug.

'Hoe dom kan ik zijn?! Marge heeft me nog voor je gewaarschuwd.' Ze slaat haar handen voor haar ogen. 'En toch ben ik erin getuind.'

'Marge heeft wat?!' Haar handen zakken langzaam in haar schoot terwijl ze hem hoofdschuddend aankijkt.

'Marge haar exacte woorden waren: die jongen is onvolwassen en wild.'

'Niet te geloven. Maar dat is echt niet waar. Marge zit er volkomen naast! Jij noemde me de eerste dag opeens Luca. Ik heb mezelf niet als zodanig aan je voorgesteld.'

'Maar jij voerde het woord. Jij was de technicus.'

'Daar ging jij als vanzelfsprekend vanuit. Is dat nu dan mijn fout?'

'Natuurlijk is dat een aanname van mijn kant geweest, maar je had me op z'n minst meteen kunnen corrigeren. Dat was wel zo netjes geweest.' Olivia zwijgt terwijl de radertjes in haar hoofd overuren maken. 'Maar als jij Luca niet bent, wie ben je dan wel?'

'Ik ben...' Ze houdt haar hand omhoog en hij stopt middenin zijn zin.

'Je hebt je de hele middag voorgedaan als iemand anders. Je reageerde op de naam Luca alsof het je eigen naam was. Ik heb veel aan je verteld, in de veronderstelling dat het een onderdeel van onze kennismaking was. Maar nu, twee dagen later, blijk je nog steeds een vreemde te zijn. Je hebt je bewust anders voorgedaan dan je bent. Je bent een leugenaar en een bedrieger. Dat is wat jij bent. En weet je wat? Eigenlijk interesseert het me totaal niet meer wie jij echt bent!' zegt ze luid. Ze zwaait de autodeur open, smijt hem keihard weer dicht en rent zo hard als ze kan richting de voordeur van de villa.

13

Alessandro slaat met zijn hoofd meerdere keren tegen zijn stuur. Zijn biecht heeft precies teweeggebracht wat hij al had voorzien. Het bevestigt ook wat Marina had voorzien. Hij had niet anders verwacht dan dat Olivia furieus zou reageren. Toch had hij stiekem gehoopt op wat begrip van haar kant. Zoals Luca opperde, had hij gedacht dat ze de humor ervan in zou zien. Maar niets is minder waar. Wat hem wel verbaast is de opmerking van Marge. Sinds wanneer heeft hij zich van een wilde of onvolwassen kant laten zien? Hij had nooit kunnen bedenken dat Marge ooit iets negatiefs over hem zou kunnen delen. Dit had hij niet verwacht, niet van Marge. Hij heeft haar altijd bijgestaan, met van alles. Ze hoeft maar te vragen en het wordt uitgevoerd. Dus waarom maakt juist Marge hem uit voor onvolwassen en wild?

Maar dit heeft niets met Marge te maken en dat weet Alessandro maar al te goed. Dit alles heeft hij aan zichzelf te danken. Waarom heeft hij zo onnozel gehandeld? Het is alsof hij zijn verstand verloren is sinds

Olivia op het eiland gearriveerd is. Dit is een berisping die hij later op de avond of morgen zeker van Marina kan verwachten. Of van Luisa. Zijn gevoelens voor Olivia hebben hem overvallen. Het was niet zijn voornemen om verliefd te worden. Zijn intentie was zeer zeker niet om Olivia te kwetsen en al helemaal niet om hun nieuwe vriendschap in gevaar te brengen. En met dit alles heeft hij dat allemaal juist in de hand gewerkt.

Zijn telefoon heeft het afgelopen uur non-stop gerinkeld, maar hij is niet geïnteresseerd. Dat hij niet nieuwsgierig is naar wat er zich op zijn kantoor afspeelt is zeldzaam. Hij moet toegeven dat dit lakse gedrag vanuit zijn kant nog nooit is voorgekomen. Eens moet de eerste keer zijn, denkt hij. Om zich toch aan zijn eigen gedragsregels te houden belt hij met zijn assistente.

'Luisa, ik kom vandaag niet meer naar kantoor. Zou je me willen verontschuldigen bij de leveranciers en voor volgende week nieuwe afspraken willen inplannen?'

'Natuurlijk. Maar is alles goed? Je klinkt afwezig!'

'Alles is prima. Alleen is er iets tussengekomen. Cancel de afspraken en ik zie je morgen. Dank alvast.'

'Geen dank. Ik zie je morgen.' Hij start de auto en begint te rijden. Het probleem is dat hij niet zo goed weet wat zijn bestemming is. De auto van Luca heeft hij voorlopig niet meer nodig. Hij besluit richting de garage te rijden. Diep in gedachten verzonken hoort Alessandro zijn mobiel niet overgaan. Opeens klinkt de stem van zijn zus luid door de speakers.

'Alessandro! Hoor je me?'

'Tina?'

'Wat bezielt je, Alesso?'

'Tina, waar heb je het in hemelsnaam over? Ik ben op dit moment niet zo scherp, ik zit namelijk ergens middenin. Dus waar heb je het over?' Tina, Valentina voluit, is de tweede zus van Alessandro. Ze klinkt iets minder vrolijk dan normaal. Net als met al zijn zusters heeft Alessandro ook met Tina een goede band. Ze heeft twee dochters van veertien en vijftien die graag met Alessandro gaan shoppen, enkel omdat hij ze enorm verwent. De ritjes in de Porsche vinden ze altijd fantastisch. Een shopdag van Alessandro en de meiden eindigt altijd met pizza en heel veel ijs.

'Ik heb Marina gesproken.'

'O nee! Wat heeft ze je allemaal wijsgemaakt?'

'Alesso, we hebben allemaal het beste met je voor. Dat wat je met Julia hebt meegemaakt willen we je besparen. Maar volgens Marina vind je deze Olivia meer dan leuk.'

'Ze is inderdaad iemand om beter te leren kennen.'

'Alesso, als dat is wat je voelt dan is nu niet de tijd voor geintjes. Hoe kun je dan liegen tegen iemand die je beter wilt leren kennen?'

'Ik heb niet gelogen. Zij heeft een aanname gedaan.'

'En je hebt niet gedacht om te zeggen dat die aanname niet correct was?'

'Op dat moment niet, nee.'

'Omdat?' Alessandro vindt zijn zus wel heel erg fel. Ze klinkt zelfs nog bozer dan Marina. Dit is een kant van Tina die nieuw voor hem is. 'Alesso?'

'Ja, omdat...' Hij moet Tina het antwoord schuldig blijven nu blijkt dat hij zelf niet eens weet waarom hij op dat moment niet meteen heeft ingegrepen.

'Je weet het gewoon niet! Je dacht op dat moment niet na. Wat is het met jullie mannen? Alesso, dit is precies het gedrag van een kl...'

'Ja, ja, Tina. Ik ben inderdaad een klootzak.' Alessandro zwijgt even. 'Maar eerlijk gezegd had ik niet gedacht haar zo leuk te gaan vinden. En na die kus is...'

'Oh, mio Dio! Alesso, hier komt ellende van. Ze gaat het je niet vergeven.'

'Ze is inderdaad behoorlijk boos.'

'Oké, je hebt haar dus al verteld dat je geen Luca bent. Natuurlijk is ze ontdaan. Je blijkt namelijk niet wie ze dacht dat je was, Alesso. Dacht je echt dat ze anders zou reageren?'

'Ik weet niet wat ik dacht, Tina. Maar boos is ze zeker.' Tina zucht diep en is daarna stil.

'Laat haar afkoelen. Als ze je leuk vindt bestaat er misschien nog een kans dat ze toenadering gaat zoeken.'

'Op dit moment heb ik het idee dat ze genoeg van me heeft en juist iets meer afstand wil. Zo ver als maar kan.'

'Maar eerlijk waar, Alesso, wat had je dan verwacht? Wie weet wat ze nu gaat doen. De tijd zal het leren.'

'Dat is het nou juist, Tina. Die tijd is er niet.'

'Hoezo? Vliegt ze morgen weer terug?'

'Morgen heeft ze een afspraak met de directeur van Bellini Yachts.'

'En je bent bang dat ze niet komt opdagen?'

'Nee, die afspraak zal ze absoluut nakomen. Dat is zeker. Alleen...' Alessandro denkt na over hoe hij Tina dit moet uitleggen.

'Alleen wat?'

'Alleen weet ze nog niet dat ik de directeur ben.' Hij wacht, en wacht en wacht, maar een reactie van Valentina blijft uit. 'Tina?'

'Mio Dio, mio Dio, mio Dio!' En weer is ze stil. Alessandro vraagt zich af of ze op haar knieën is gezakt om een gebed te doen. Van alle zussen is Valentina de meest gelovige. Er branden altijd kaarsen in haar huis, de hele dag door. Het zou kunnen dat ze een kaarsje voor hem aan het aansteken is. Ze leest meerdere keren per dag de bijbel en gaat nergens heen zonder haar rozenkrans. Dat ze meerdere van die gebedskralen heeft is geen geheim. Valentina heeft ze in alle kleuren en modellen.

'Tina, ben je er nog?'

'Ik steek een kaars aan. Maar Alesso, echt. Wat bezielt je? Wat heb je haar dan wél verteld?'

'Alleen dat ik geen Luca ben. Voordat ik kon vertellen wie ik wel ben, had ze de auto alweer verlaten.'

'Alesso, morgen is je verdiende loon. Dit alles heb je over jezelf afgeroepen. Het zal echt niet fraai worden. Maar dat zal een goede les zijn. Wanneer het om het hart en emoties gaat moet je er geen poppenkast van maken.'

'Je hebt gelijk, Tina. Dit is mijn verdiende loon.' Tina zucht hoorbaar. En weer is ze stil. Tina probeert altijd iets negatiefs positief te benaderen.

'Luister, Alesso. Als ze echt iets voor je voelt dan zal ze wel bijdraaien. En dat zal ze doen nog voor ze het eiland verlaat. Ze zal echt niet huiswaarts keren met allerlei vragen die jij alleen voor haar zou kunnen beantwoorden. Morgen wordt een slagveld, maar daarna zal de rust terugkeren. Wanneer de rook is opgetrokken en er weer helder zicht is dan zullen zich ook weer nieuwe mogelijkheden presenteren.'

'Geloof je dat echt?'

'Ja, dat geloof ik echt. Wij vrouwen zijn stoer en soms keihard, maar als we ons hart ergens aan verloren hebben moeten ook wij ons gewonnen geven. Een verliefd hart, daar kunnen we niet tegenin gaan, hoe graag we dat soms ook willen.'

'Morgen wordt inderdaad een slagveld. Helaas is het niet een gevecht dat ik uit de weg kan gaan. Hoe groot de aangerichte schade is zal achteraf wel blijken. Of die schade dan nog te herstellen valt is aan Olivia. Dat is iets wat totaal van haar af zal hangen. Ik moet het afwachten.'

'Sterkte, Alesso. Ik bel je morgenavond even.' Zijn zus hangt op en Alessandro weet niet of deze preek van zijn zus nou positief of negatief bedoeld was. Hij is in ieder geval iets geruster over morgen en de uitkomst. Diep vanbinnen weet hij zeker dat Olivia net zoveel voor hem voelt als hij voor haar. En als het waar is wat Tina zegt, dan bestaat er zowaar een kleine kans dat deze hele misère toch nog positief zal eindigen.

14

Alessandro is inmiddels aangekomen bij de garage.

'Middag, heren,' zegt hij luidkeels om een beetje boven de muziek uit te komen. De heren kijken een paar tellen op en zwaaien naar hem. Woorden vinden ze overbodig. Vanuit het kantoortje zwaait een telefonerende Luca naar hem. Alessandro loopt het kantoor binnen en doet de deur dicht. Luca gebaart dat hij plaats moet nemen en houdt twee vingers in de lucht om aan te geven dat hij nog twee minuten nodig heeft om het gesprek af te ronden. Terwijl Alessandro in de wacht zit werpt hij een blik op zijn telefoon, stiekem hopend op een teken van Olivia. Maar helaas. Ze heeft hem waarschijnlijk nu niets te zeggen.

Wanneer zijn telefoon opeens overgaat voelt hij iets van blijdschap. Op de display verschijnt de naam Bella. Het is zijn jongste zus. *Nog meer advies!* Al die vrouwen die het allemaal beter weten. Alessandro is er vandaag klaar mee. Hij vermoedt dat alle zusters bij elkaar zijn geweest om zijn liefdesleven uitvoerig te bespreken. En uiteraard hebben ze allemaal hun eigen mening over zijn manier van handelen en het achterhouden van informatie. Maar voor vandaag heeft hij al genoeg de wind van voren gekregen. Bella zal niet veel anders willen dan haar broertje goed de les te lezen. Maar niet nu.

'Jongen,' zegt Luca terwijl hij opstaat vanachter zijn bureau om zijn vriend welkom te heten, 'wat is er met je gebeurd? Je ziet er beroerd uit.' Hij omhelst Alessandro.

'Ik had een lunch met Olivia.'

'Aha, een lunch. Mooi,' zegt Luca, terwijl hij weer plaatsneemt achter zijn bureau.

'Het was geweldig. We zijn met de cruiser richting *La Grotta Azzurra* gevaren en hebben daar gepicknickt.'

'Dat is een voltreffer. Daarmee kun je echt niet fout gaan, dus dat was vast niet het probleem.'

'Ze vond het fantastisch en was aangenaam verrast.'

'En?' Luca begint een beetje ongeduldig te klinken.

'Ik had vanmiddag een aantal afspraken op kantoor, dus heb ik haar na de lunch teruggereden naar het hotel. Bij het hotel aangekomen voelde het als het juiste moment om eerlijk tegen haar te zijn. Ik besloot alles op te biechten.'

'Na die fantastische lunch?' Alessandro knikt. 'Dat is zelfmoord, jongen. Had je niet een ander moment kunnen kiezen? Bijvoorbeeld de volgende dag?'

'Het voelt ook als zelfmoord.'

'Wat is nu je vervolgstrategie?'

'Die heb ik nu niet paraat. Het duizelt me dat ze nu slecht over me denkt. En de bemoeienis van Marge heeft ook niet echt geholpen om een positief beeld van mij neer te zetten.'

'Marge? Waarom zou ze iets negatiefs over jou zeggen? Je bent echt wel een van haar lieverdjes hier op het eiland.' Luca klinkt verbaasd.

'Dat dacht ik ook, maar blijkbaar heb ik het mis.'

'Maar wat heeft ze precies over jou gezegd?' vraagt Luca geïnteresseerd.

'Ze zei dat ik onvolwassen en wild ben. Ik? Hoezo?! Heeft Marge ooit meegemaakt dat ik me onvolwassen heb gedragen?'

'Oh nee, Marge toch! Je gaat dit niet leuk vinden, maar eerlijk gezegd denk ik eerder dat Marge op dat moment mij aan het beschrijven was. Sorry kerel, dat mijn gedrag juist nu zo slecht voor je uitpakt.' Waarschijnlijk heeft Olivia tijdens haar gesprekken met Marge steeds de naam Luca laten vallen. Wat logisch is aangezien ze zijn echte naam niet kent.

'Je wordt bedankt. Je dacht vast, eerlijk zullen we alles delen. Is het niet?' zegt Alessandro nu iets minder gespannen. Hij kan zelfs weer hardop lachen.

'Haar auto is trouwens weer helemaal de oude. Ik zal de jongens vragen of ze het bij de villa willen afleveren. De factuur mail ik naar het verhuurbedrijf. En wij? Wat denk je ervan om in de stad of de haven een biertje te doen?' stelt Luca voor.

'Dat klinkt als een perfect plan na die rampzalige gebeurtenis.'

15

Wanneer Olivia de hal van Villa Excellence binnenloopt ziet ze Marge achter de receptie staan. Zodra ze Olivia in het vizier krijgt staat Marge binnen enkele tellen naast haar.

'Oh kind, vanwaar die tranen?' Ze begeleidt haar naar het kantoor achter de balie en doet de deur dicht. Marge schenkt Olivia een koel glas fruitwater in uit de karaf die op haar bureau staat. 'Hier, je zult ervan opknappen.' Olivia pakt het glas vast en drinkt deze gretig in één teug leeg. 'Nou nou nou, wat het ook is lieverd, zo erg kan het toch niet zijn?'

'Het is Luca,' zegt Olivia aarzelend.

'Oh, nee. Die kleine etterbak!' Olivia moet spontaan lachen om die opmerking van Marge. Luca is namelijk best groot. Rond de één meter tachtig of één meter vijfentachtig. Marge is nog geen één meter zestig en ze noemt Luca een kleine etterbak! Maar ze gaat verder. 'Wat heeft dat misbaksel nou weer uitgevreten?'

'Hij had een lunch georganiseerd. Een picknick op de boot, in *La Grotta Azzurra*.' Marge knikt. 'Het was echt boven verwachting. We hebben heerlijk gegeten en veel gepraat. En net op de parkeerplaats vertelde hij dat hij iets op te biechten had. Hij voelde dat het tijd was om iets belangrijks met me te delen. Net als ik voelde ook hij dat de wederzijdse aantrekkingskracht tussen ons groeide.' Marge knikt wederom. 'En dat is waar, Marge. In slechts twee dagen ben ik hem zo leuk gaan vinden. Veel leuker dan goed voor me is. Ik had me nog zo voorgenomen om niet meer in de liefde te geloven. Dít is waarom, Marge. Dit is wat er gebeurt wanneer je je kwetsbaar opstelt!'

'Kind, dat overkomt ons allemaal weleens. Dat we ons laten leiden door ons gevoel en niet door het gezonde verstand. We denken soms ten onrechte in iemand onze nieuwe levenspartner waar te nemen, om vervolgens te ontdekken dat diegene toch niet de ware blijkt te zijn. Dat zijn allemaal levenslessen waar iedere vrouw een keer mee geconfronteerd wordt. Het zijn levenslessen die onderdeel uitmaken van ons levenspad.'

'Na Peter...' Olivia begint hevig te snikken. Marge legt een hand op Olivia's handen die lusteloos in haar schoot liggen. 'Na Peter was ik er zo van overtuigd dat ik klaar was met mannen. Mijn stille verbittering tegen mannen is sindsdien alleen maar gegroeid. Dus hoe kan dit, Marge? Waarom voel ik wat ik voel voor zo'n leugenaar als Luca?'

'Olivia, soms leidt een gebroken hart ons sneller naar een nieuwe liefde dan we hadden voorzien. Ook dat hebben we niet in de hand, hoe graag we dat ook zouden willen. De liefde komt wanneer de liefde komt.' Marge staat op en neemt een doos tissues uit de kast achter haar bureau. Ze overhandigt Olivia een tissue. 'En toen? Wat had Luca op zijn kerfstok?'

'Hij vertelde dat zijn naam geen Luca is en dat de garage niet van hem is.'

'Waarom vertelt die jongen zoveel nonsens? Natuurlijk is hij Luca. Ik herken die auto uit enkele tientallen.'

'Maar waarom...?' Olivia zwijgt even. Ze probeert voor zichzelf alles op een rijtje te zetten. Waarom zou iemand liegen over zijn ware identiteit? Het lukt haar niet om een logisch antwoord te vinden op haar eigen vraag. 'Dus hij is wel degelijk Luca?' Marge knikt bevestigend.

'Kind, volgens mij kun jij wel wat ontspanning gebruiken. Een heerlijke massage of een beautybehandeling?' Olivia knikt bevestigend. 'Ik bel de dames van de spa met de mededeling dat ze je kunnen verwachten.' Misschien is wat ontspanning inderdaad wat ze nodig heeft. Of is ze simpelweg te vermoeid om tegen het voorstel van Marge in te gaan? Olivia besluit zich over te geven aan de hele situatie. Verzetten is vandaag totaal zinloos. Ze verlaat het kantoor van Marge en loopt richting de spa.

De spa van Villa Excellence is een ware oase van rust en ontspanning. De rustgevende muziek stroomt ongemerkt je lichaam binnen, waardoor je automatisch je tempo aanpast. In de lucht zweven de geuren van etherische oliën. Olivia ruikt lavendel, eucalyptus, ylang-ylang, roos en jasmijn. Diverse baden zijn gevuld met kleurrijke bloemen. Ze mag zich omkleden en krijgt een heerlijke badjas aan die zo zacht aanvoelt als dons. Aan haar voeten even zachte pantoffels. Ze kiest eerst voor een jetstreambehandeling van een kwartier. Daarna gaat ze voor een hot stone treatment. En als kers op de taart een Maya massage van zestig minuten. De zachte klanken van een kabbelend beekje op de achtergrond verdrijven alle negatieve gedachten. Ze laat zich dan ook helemaal gaan. Ruim twee uur later verlaat Olivia als hérboren de spa.

Het duurt echter niet lang voordat Olivia beseft dat haar spabeleving niets heeft veranderd aan de Luca-affaire. Eerlijk gezegd had ze dat ook niet verwacht. Ze heeft in ieder geval nu rust in haar hoofd en lijf en hoopt met een frisse blik de situatie te kunnen bekijken. Maar dat blijkt te veel gevraagd. Er is te veel gebeurd. De emoties nemen weer de overhand. De tranen stromen over haar wangen en een gevoel van machteloosheid bekruipt haar. Ook de vuilniszakken bij Peter voor de deur komen uit het niets weer bovendrijven. Waarom moeten dit soort dingen altijd haar overkomen? Het voelt alsof ze constant gestraft wordt door een onzichtbare macht. Of is het juist dat een hogere macht haar iets duidelijk probeert te maken?

'Maar wat?!' gilt Olivia luid. Wanneer de telefoon van haar suite overgaat droogt ze snel haar tranen en kucht ze een paar keer om haar stem weer op krachten te laten komen.

'Hallo met Olivia.'

'Olivia,' het is de portier, 'de heren van garage Luca hebben zojuist je auto hier afgeleverd. Hij is weer helemaal de oude, zeggen ze.'

'Dat is geweldig nieuws. Dank voor het doorgeven. Ik loop later vanavond langs de receptie om de sleutels op te halen.'

'Afgesproken en tot later.'

Dat is dan ook weer geregeld. Ze heeft tenminste weer vervoer. Haar eigen vervoer.

16

Terwijl de heren geduldig op hun pasta's wachten op een terras op de Piazzetta wordt er weinig geconverseerd. Luca werpt zijn vriend een zorgelijke blik toe. De pijn en het verdriet dat Alessandro voelt is van zijn gezicht af te lezen. De uitdrukking op het gezicht van Luca spreekt boekdelen. Alessandro weet dat hij een nieuw plan nodig heeft. Hij moet een strategie bedenken zodat dit drama uiteindelijk met een sisser afloopt. Hoe hard hij ook nadenkt, er komt geen oplossing of antwoord bovendrijven. Hun pasta's en alcoholvrij bier worden geserveerd en het is uiteindelijk Alessandro die het gesprek op gang brengt.

'Weet je wat nog het ergste van dit alles is?' zegt hij terwijl hij zijn biertje oppakt.

'Nog erger dan wat het al is? Kan het erger dan?' vraagt Luca hoofdschuddend.

'Olivia was zo van streek dat ze na mijn biecht weigerde om nog te luisteren naar wat ik te zeggen had.' Hij denkt terug aan de gebeurtenissen van een paar uur geleden. Luca wacht rustig op het vervolg van zijn verhaal. 'Ik heb haar dus niet kunnen vertellen wie ik echt ben. Ik heb het wel geprobeerd, maar zonder succes.'

'Bekijk het zo. Vandaag is een gelopen race. Wat zich heeft voorgedaan kan niet meer teruggedraaid worden. Daarin blijven hangen heeft dan ook weinig nut.' Alessandro neemt een slok van zijn bier en knikt bevestigend op de woorden van Luca. 'Vanavond proberen maar iets aan schadeherstel te doen is af te raden. Alles wat je nu zou proberen zal een averechts effect hebben.'

'Dus?'

'Straks gewoon naar bed. Er komt vanzelf een nieuwe morgen waar de gebeurtenissen van vandaag opeens minder catastrofaal lijken. De nieuwe ochtend zal voor opheldering zorgen.'

'Morgen is nou juist het probleem. Ik vrees dat de situatie morgen juist gaat escaleren.'

'Dat weet je niet, Less. Dat weet je niet.'

'Luca, Olivia is mijn nieuwe interieurarchitect.'

'Serieus?' Hij zwijgt even. 'Hoezo heb je haar de eerste dag dan niet herkend?'

'Ik ken haar niet persoonlijk. Een collega in Florida, de eigenaar van Robinson Cruiser Yachts, heeft haar aanbevolen. Hij heeft twee jaar geleden met haar gewerkt en was zeer onder de indruk van haar werk. John heeft me wat foto's gestuurd van het eindresultaat van de inrichting van zijn laatste cruiser. Na het zien van die foto's was ook ik onder de indruk van haar werk. Emilio heeft haar een e-mail gestuurd met daarin een offerteaanvraag voor de inrichting van ons nieuwste jacht.'

'Je hebt haar hiervoor dus nooit gezien?'

'Nee, en ook niet gesproken. Ze heeft de offerte en wat ideeën voor de inrichting gemaild naar Emilio. Samen met hem heb ik de plannen doorgenomen. Na goedkeuring heb ik akkoord gegeven. Emilio heeft haar daarna een bevestiging van de opdracht gestuurd waarna Luisa de afspraak voor morgen heeft ingepland.'

'Dus morgen...' Luca kijkt bedenkelijk, alsof hij de rookwolken van de escalatie van morgen nu al kan aanschouwen.

'Morgen komt ze naar kantoor en dan treft ze mij achter het bureau aan.' Alessandro weet dat het een rendez-vous wordt waar hij het liefst geen onderdeel van uit zou willen maken. Maar daarvoor is het nu te laat.

'Tijd voor ijs!' zegt Luca opeens enthousiast. Dat is waar ook, ze hebben voor vandaag nog ijs op het menu staan.

Er staat een enorme rij voor de vitrine van *La Gelateria Celeste*. Het duurt dan ook iets meer dan een half uur voordat ze aan de beurt zijn. Het assortiment is enorm, maar de heren hebben zo hun favoriete smaken. Luca gaat voor mango en malaga. Alessandro gaat voor chocolade en pistache. Voor pa Chiave nemen ze een bakje limoncello en kokos. Ze lopen het plein over en nemen plaats op de halve meter hoge stenen muur die uitzicht biedt over de baai.

'Dit zijn precies dezelfde smaken die pa en ik die dag hadden gekozen. Vanaf die dag heb ik nooit meer andere smaken uitgeprobeerd.'

'Maar het waren toen vast geen twee bolletjes waarvan je over je nek bent gegaan.'

'Ik denk dat ik van pa Chiave die dag vier bolletjes mocht nemen.'

'Vier! Van vier bolletjes zou ik ook behoorlijk ziek worden, ja,' lacht Alessandro luid. De bak van pa Chiave zet Luca tussen hen in. De heren houden hun bakjes in de lucht en roepen gezamenlijk: 'Op pa Chiave!' Het gedenken kan beginnen. Ze genieten van hun ijsjes en nemen zo nu en dan een lepel uit het bakje van pa Chiave. Het doet Alessandro goed om te zien dat dit moment ook Luca weer heeft opgevrolijkt. Hij glimlacht en vertelt honderduit over zijn laatste uitje met pa Chiave. Dit wordt een uitje dat Alessandro voortaan ieder jaar opnieuw op de kalender zal zetten.

⁓ℓℓ⁓

Olivia denkt lang na of ze al dan niet bij het diner zal aanschuiven. Ze besluit dat het goed is om zich onder de mensen te begeven en loopt naar beneden. Op het terras trakteert de ondergaande zon de hotelgasten op de laatste warme zonnestralen van de dag. Jazzklanken klinken subtiel op de achtergrond. Een aantal gasten staat in de rij voor het buffet, een echtpaar danst onder de geurende citroenbomen en bougainvilles. Het tovert onverwachts een glimlach op haar gezicht. Dineren op het terras is een goede keuze geweest. Als ze eerlijk is, is het de beste keuze van de dag. Haar andere keuzes van eerder die dag wil ze het liefst snel vergeten. Helaas slaagt ze er maar niet in. Die kerel van de lunch, wie hij dan ook moge zijn, heeft ondanks zijn misleidende gedrag toch gezorgd dat ze twee onvergetelijke dagen op Capri heeft ervaren. Ze wil hem daarom helemaal niet vergeten of afschrijven als slecht. En eerlijk is eerlijk, zij heeft die aanname gedaan dat hij Luca was. Een veronderstelling waarin hij geen rol heeft gespeeld. Er waren tenslotte twee bergers.

'Olivia, kind.' Het is Marge die haar met open armen tegemoetloopt. 'Ik moet zeggen dat die spa je duidelijk goed heeft gedaan.'

100

'Het was voortreffelijk. Voor morgen heb ik een gezichtsbehandeling geboekt.'

'Kijk, dat is nou de manier om je helemaal te laten gaan tijdens een vakantie.'

'Nou, dat advies sla ik de komende dagen liever in de wind als je het niet erg vindt, Marge. Me laten gaan heeft me in slechts twee dagen tijd de nodige problemen bezorgd.'

'Olivia, Capri is niet alleen een bloemeneiland waar je constant wordt ondergedompeld in de meest exotische bloemengeuren. Capri is ook het eiland waar de liefde onzichtbaar rondwaart waardoor velen de liefde van hun leven hebben gevonden.'

'En velen een gebroken hart, Marge.' Marge neemt twee glazen van het dienblad waarmee een van de bediendes rondloopt en overhandigt Olivia een blauw drankje. Het is een tropische cocktail van Blue Curaçao, wodka, ananassiroop en kokoswater. De blauwe tinten in het glas voeren Olivia ongewenst terug naar de blauwe wateren van die middag.

Terug in de blauwe grot sluit ze haar ogen en ervaart ze wederom de tedere kus en intieme omhelzing van... Ja, van wie eigenlijk? De Luca die geen Luca is besluit Olivia hem voor het gemak te noemen. Het drijft haar namelijk tot waanzin dat ze eenvoudigweg niet weet wie de charismatische vreemdeling is waarmee ze die middag zo romantisch heeft geluncht. Marge zou best kunnen helpen, aangezien ze praktisch iedereen op het eiland kent. Jammer genoeg lukt het Olivia niet om een gedetailleerde omschrijving van hem te geven. Knap, donkere ogen, zwart golvend haar, zachte trekken. Eigenschappen die betrekking hebben op zowat een kwart van de mannen op Capri. Een juiste beschrijving geven blijkt best nog een lastige opgave.

Waar het karaktereigenschappen betreft is de onbekende Adonis zeker onderscheidend. Hij is lief, behulpzaam, grappig, sociaal. Zijn meest bewonderenswaardige eigenschap is de manier waarop deze charmeur van het leven geniet. Alsof zijn leven ongecompliceerd en zorgeloos is. De dingen niet ingewikkelder maken dan ze zijn. De Luca die geen Luca is is een levensgenieter. In haar interieurwereld beleeft ze dikwijls een andere waarheid. Haar wereld loopt over van gefortuneerde zakenlui die geleefd worden door hun agenda en hun ambities. Alles om de volgende grote opdracht binnen te halen. Maar echt pas op de plaats maken, een uurtje of twee vrij nemen voor wat vermaak en ontspanning is niet aan hen besteed. Het leven trekt ongemerkt aan ze voorbij. Maar niet voor haar Luca die geen Luca is. Dat hij op zijn beurt de waarheid simpelweg verzwijgt voor zijn eigen plezier en vermaak, geniet geen schoonheidsprijs. Deze tekortkoming doet hij gelukkig teniet door alle andere karaktereigenschappen die hem zo uniek maken. De stem van Marge brengt Olivia terug naar het terras. Ze zitten onder de bougainville die volhangt met gele bloeiers.

'Ik voel het in mijn botten. Ook voor jou heeft Capri liefde in het verschiet,' zegt Marge terwijl ze Olivia bemoedigend op haar bovenbeen klopt. 'Geef de moed niet op. Geef Capri een kans en je zult zien dat alles als vanzelf op zijn pootjes terechtkomt. Ook waar het een gekneusd hart betreft.'

Wanneer Olivia uren later onder de warme stralen van de douche staat gaan haar gedachten terug naar het advies van Marge. Capri een kans geven is het minste dat ze kan doen. We maken allemaal weleens een fout. Niemand is perfect. Olivia weet dat ook zij niet perfect is. Bij lange na niet. Waarom verwacht ze dan wel perfectie van die nieuwe vreemdeling in haar leven? Iedereen verdient een tweede kans. Wat inhoudt dat ze ook de vreemdeling, die eerst haar hart heeft gestolen en het vervolgens heeft gekneusd, een kans moet geven zijn kant van het verhaal te doen. Maar wat als hij nog meer leugens of halve waarheden in petto heeft? Hoe kan ze ervan op aan dat het bij dit ene incident zal blijven?

17

Alessandro rijdt naar de zuidkant van het eiland. In gedachten is hij terug bij Luca en zijn laatste woorden: 'Straks gewoon naar bed. Er komt vanzelf een nieuwe morgen waar de gebeurtenissen van vandaag opeens minder catastrofaal lijken. De nieuwe ochtend zal voor opheldering zorgen.' Was het maar zo ongecompliceerd, denkt Alessandro. Morgen belooft geen fraaie dag te worden. De nieuwe dag zal zijn ware identiteit onthullen. Olivia zal hoe dan ook ontdekken dat hij de directeur van Bellini Yachts is. Dat hij haar nieuwe opdrachtgever is maakt de zaak een stuk gecompliceerder.

Vervolgens is er ook nog zijn vermogen, wat een gegeven is. Zijn fortuin is niet iets dat hij ongedaan kan maken. Zelfs niet voor een schat als Olivia, die een uitgesproken mening heeft waar het gefortuneerde mannen betreft. Dat deze mannen door haar nooit op een voetstuk geplaatst zullen worden is zonneklaar. Tijdens de picknick kreeg Alessandro niet het idee dat ze hem aanzag voor gedreven, zakelijk, koud en onpersoonlijk. En al helemaal niet voor een gefortuneerd iemand. Misschien dat de zwarte overall en de sleepwagen daaraan hadden bijgedragen. Die gedachte stemt hem enigszins hoopvol. Misschien, heel misschien, pakt morgen, tegen beter weten in, toch rooskleuriger uit dan hij nu kan voorzien.

Alessandro parkeert de auto voor de villa. Hij loopt door de rozentuin richting de voordeur en stapt de hal binnen. Enkele lichten springen automatisch aan. Hij legt zijn autosleutels en zijn zonnebril neer op de tafel in de hal en gaat de keuken in. De villa aan de Via Tragara heeft hij vijf jaar geleden, na zijn dertigste verjaardag, gekocht. Aangezien hij zich meer op kantoor en op het water bevindt, is te veel woonruimte niet aan hem besteed. Toch verkoos hij een villa boven een appartement.

De villa is niet al te groot en de ruimte die hij tot zijn beschikking heeft is prima. Er zijn twee grote slaapkamers en een walk-in closet. De woonkamer is ruim en heeft aangrenzend een kantoor. Zijn keuken is klein en heeft een eetgedeelte. Koken doet hij zelden, eigenlijk nooit. Dat is ook overbodig met een familie vol zussen en een moeder die hem dagelijks verwennen met allerlei schotels en lekkernijen. Uit de koelkast haalt hij twee biertjes en loopt het terras op. Het terras biedt een weids uitzicht op de Golf van Napels, waar het einde van de dag zich kenmerkt door een prachtige zonsondergang. Alessandro plaatst de twee bierflessen op de tafel tussen twee ligstoelen en neemt zelf plaats in een van de ligstoelen.

'Paps, heb je tijd voor een biertje?' Op het ruizen van de wind na blijft het stil. Alessandro draait de doppen van de flessen en plaatst de flessen terug op tafel.

'Voor jou maak ik tijd, zoon. Maar geen cognac vanavond?'

'Kan ik voor je halen. Geen probleem.'

'Doe geen moeite, Alessandro. Bier is prima.' Even wordt er niet gepraat. De stilte wordt opgevuld door de vlagen van de wind en het geruis van de duizenden bladeren die de omringende bomen bedekken.

'Pap, hoe is het nu met je?'

'Met de meeste doden gaat het over het algemeen goed, dus ook met mij. We hebben de tijd, we hebben de ruimte en ook nog eens alle vrijheid die iemand zich maar wensen kan.'

'Zo te horen hoef je je niet te vervelen.'

'Geen minuut. Hoe staan de zaken op kantoor?'

'Niets te klagen. We blijven groeien, vooral internationaal. De klanten zijn tevreden.'

'Dat doe je goed, jongen. Wat is dan het probleem?'

'Probleem?'

'Zoon, deze onderonsjes zijn er meestal wanneer er iets speelt waar je zelf geen oplossing voor kunt bedenken.' Alessandro weet dat zijn vader gelijk heeft.

'Ik heb iemand ontmoet. Ze heet Olivia.' Hij vertelt zijn vader het hele verhaal, vanaf de eerste ontmoeting tot aan het gesprek van eerder die middag.

'Alesso, net zoals jij ben ik geboren en getogen op Capri. Je moeder komt van het vasteland.' Alberto heeft zijn zoon dit verhaal al vele malen verteld. Voor de zoveelste keer luistert Alessandro aandachtig naar de woorden van zijn vader.

'Ik werkte in de haven bij Montasano toen zij op een dag met de veerpont aanmeerde op Capri. Ze was samen met enkele vriendinnen voor een paar uur op het eiland. Een strandbezoek. Ze was prachtig. Een zeldzame schoonheid. We raakten aan de praat en ik bood haar *iets te drinken aan. Toen het tijd was om de veerpont terug te nemen hadden we uren gepraat, vooral gelachen. Ik was op slag verliefd. Ik had het gevoel dat de verliefdheid wederzijds was. Wat ik verzuimd had te vertellen is dat ik op dat moment een vriendin had. Haar naam was Leontina. Leontina's vader en jouw opa waren beste vrienden. Iedereen ging er als vanzelfsprekend van uit dat wij ooit zouden trouwen. Om iedereen maar tevreden te stellen heb ik Leontina uiteindelijk verkering gevraagd. Maar de gevoelens die ik voor je moeder had heb ik nooit voor Leontina gevoeld. Een week of twee na de ontmoeting met je moeder brachten je moeder en haar vriendinnen wederom een bezoek aan het strand. Op dat moment liep ik gearmd met Leontina over het strand. Je moeder kwam mijn kant op. Voordat ik maar iets kon zeggen haalde ze uit en gaf me een klap in het gezicht. Leontina vroeg om tekst en uitleg en ook van haar kreeg ik een klap in het gezicht. Ze gooide de gouden ketting, die ik haar als verkeringscadeau had gegeven, mijn kant uit en dat was het einde van onze relatie.'*

'Wow, twee klappen op één dag! En toen?'

'Een week na het incident heb ik je moeder op het vasteland opgezocht. Ze had verteld op welke lagere school ze muziekles gaf. Ik wachtte haar na de les op en heb haar het hele verhaal van Leontina verteld. In eerste instantie wilde ze er niets van weten. Ondanks haar verzet voelde ik dat de aantrekkingskracht wederzijds was. Een week later ging ik weer terug naar de school. Het was tijd om mijn ware gevoelens voor haar prijs te geven. Helaas lieten mijn ware gevoelens haar koud. Ze wilde er niets van weten.'

'Een pittige tante, die moeder van me.'

'Niet mee te sollen. Ik was radeloos en ging voor advies naar je oma. Die adviseerde mij om haar voorlopig met rust te laten. Als de liefde wederzijds is, is uiteindelijk alles te vergeven.'

'Als de liefde wederzijds is, is uiteindelijk alles te vergeven. Zei oma dat?'

'Dat was haar advies, zoon. Dus dat geef ik nu aan jou door.'

'Dus morgen...'

'Laat morgen over je heen komen. Ze zal razend zijn, in alle staten. Laat lekker gaan. Probeer je verhaal te doen. Als ze er op dat moment niet van gediend is, laat je het erbij. Geef haar daarna tijd om af te koelen, uit te razen en alles te overdenken. Er komt een moment dat ze eerlijk moet zijn. Eerlijk tegenover haar eigen hart en haar ware gevoelens. Uiteindelijk wil het hart wat het hart wil.'

'Laat morgen dan maar komen.'

'Mijn idee zoon, mijn idee.'

18

Olivia is vroeg uit de veren. Zoals bij iedere nieuwe opdracht gieren de zenuwen van enthousiasme om van start te gaan ook nu door haar lijf. Ze heeft zich voorgenomen om vandaag totaal niet aan Luca die geen Luca is te denken. Vandaag moet ze gefocust blijven. Haar aandacht richten op het overweldigen van haar opdrachtgever met exclusieve ideeën voor de nieuwe cruiser. Deze opdracht gaat niemand voor haar verpesten. Ze heeft hard moeten werken om het project binnen te halen. En nu ze hier is zal ze alles doen om zich als een professional te presenteren. De aankleding die ze voor Bellini Yachts heeft samengesteld is zeer verrassend. Het interieur en de stoffen voor deze lijn zijn volgens Olivia een stuk exclusiever dan de stukken die ze voor de andere jachtenbouwer heeft ontworpen. Die opdracht was voor een bedrijf in Fort Lauderdale.

Net als Villa Excellence was het hotel in Fort Lauderdale een prachtige plek om een paar weken te vertoeven. Vlak aan het strand en van alle luxe voorzien. Olivia selecteert de hotels waarin ze verblijft altijd zorgvuldig. Ze doet niet aan één, twee, zelfs niet aan drie sterren. Haar beroep brengt vaak de nodige spanningen met zich mee, en de luxe voorzieningen die een hotel biedt maakt dat ze zich op een aangename en professionele wijze kan ontdoen van opgebouwde stress en spanning na een hectische werkdag.

Er wordt op de kamerdeur geklopt. Het is de butler met haar ontbijt. Tijd om beneden met de overige gasten van een ontbijt te genieten is er vandaag niet bij. Ze heeft alle tijd nodig om deze opdracht nogmaals door te nemen. Een nieuwe opdrachtgever ontmoeten is uitdagend en brengt de nodige spanningen met zich mee. Je wilt tenslotte de best mogelijke indruk maken als bedrijf en als professional. Juan rijdt de trolley naar binnen. Hij haalt de diverse schalen van de trolley en plaatst ze op de tafel buiten op het terras.

'Dat het u mag smaken,' zegt hij na het neerzetten van de laatste karaf met daarin de jus d'orange.

'Ik twijfel er niet aan dat het heerlijk zal smaken, Juan.' Ze bedankt de butler hartelijk waarna hij weer vertrekt. Ze schenkt zichzelf een kopje koffie in. Haar adrenalineshot voor de ochtend. Niet dat ze dat nodig heeft, want aan energie en prestatiedrang ontbreekt het haar vanochtend niet. Toch verkiest ze nu koffie boven thee. Ze snijdt een croissant doormidden en smeert er roomboter en vervolgens vijgenjam op.

'Oh, dit is goddelijk!' roept ze enthousiast na haar eerste hap. Het is met recht een koninklijk ontbijt. Ze geniet in stilte van haar croissant en zoete broodjes, terwijl ze de Golf van Napels, en alles wat zich daarop afspeelt, in zich opneemt. De warme bries die ongezien haar kamer binnenwaait is een stille voorbode van een dag die Capri als een warme deken zal bedekken. Na het ontbijt verzamelt Olivia de nodige papieren voor haar afspraak van elf uur met Bellini Yachts en begeeft zich richting haar gele Fiat. Hopelijk gedraagt de auto zich voorbeeldig en is Google Maps haar ook vandaag weer goedgezind.

—⁓—

Alessandro staat op met een zwaar hoofd. De afgelopen nacht was kort en rusteloos. Een paracetamol doet altijd wonderen. Hij besluit er voor de zekerheid meteen twee te nemen. Hij neemt een koude douche, zijn manier om de zenuwprikkels en zijn bloedsomloop te activeren. Voor hem werkt dat als een energieleverancier. Een nieuwe dosis bevlogenheid, passie en enthousiasme. Dat zal hij vandaag zeker nodig hebben, al weet hij totaal niet wat hij van deze dag kan verwachten. Tijd voor koffie of ontbijt heeft hij vandaag niet. Het is tijd om richting kantoor te vertrekken. Hoe eerder deze dag van start gaat, hoe beter. Hij vreest dat het met Olivia alle kanten op kan gaan. Zelf verwacht hij vuurwerk, en niet van dat siervuurwerk. Het worden knallers die over het hele eiland te horen zullen zijn. Maar hij is er klaar voor. "Laat morgen maar komen," waren de bemoedigende woorden van zijn vader.

Hij is vroeg. Iets te vroeg voor zijn doen, want er is nog niemand aanwezig. Het kantoor openen is meestal iets dat Luisa voor haar rekening neemt. Haar werkdag start om half negen. Een blik op zijn horloge vertelt hem dat het iets over achten is. Hij doet de lichten aan en loopt de keuken in. In een van de bovenkasten pakt hij een mok en zet de espressomachine aan. Hij drukt de nodige knoppen in en het apparaat begint te pruttelen. Ondertussen loopt hij naar zijn kantoor en plaatst enkele dossiers die hij van huis heeft meegenomen op zijn bureau. Terug in de keuken neemt hij een slok van zijn espresso.

111

'Perfetto!' Hij hoort iemand het kantoor betreden.

'Hallo?!' roept ze met iets van paniek in haar stem. Het is Luisa die waarschijnlijk denkt aan een inbreker of zo.

'Ik ben het, Luisa,' antwoordt Alessandro snel om haar gerust te stellen.

'Alessandro?!' vraagt ze verbaasd. Om te bewijzen dat hij het echt is loopt hij de keuken uit de kantoortuin in. 'Jij bent vroeg. Alles oké?' vraagt ze aarzelend.

'Met mij gaat alles prima. Ik kan toch ook een keer besluiten om zonder enige reden vroeg te beginnen?'

'En besluiten om een hele middag niet naar kantoor te komen...' Luisa kijkt hem berispend aan.

'Ja, over gistermiddag. Nogmaals excuses. Het zat niet in de planning zoals de dingen gisteren gelopen zijn. Maar uiteindelijk gaat het weer prima.'

'Je ziet er niet bepaald prima uit.' Ze bekijkt Alessandro van top tot teen.

'Luisa, hou op. Het gaat echt goed met me. Maar na mijn afwezigheid gisteren dacht ik dat ik vandaag maar eens extra uren moet maken. Het werk lost niet vanzelf op.'

'Af en toe laat ik ook dossiers liggen. Vervolgens vind ik ze dagen later onaangeroerd terug op mijn bureau. Raar, hè?'

'Espresso?'

'Nu je toch bezig bent, graag.' Alessandro haalt wederom een mok uit de kast en plaatst die op het plateau van de espressomachine. 'De dossiers die vandaag afgehandeld moeten worden heb ik op je bureau gelegd.'

'Die heb ik net inderdaad zien liggen. Ik beloof dat ik er meteen aan ga beginnen.' Hij overhandigt Luisa haar espresso en verdwijnt richting zijn kantoor. Hij start zijn computer en de drie beeldschermen op en opent de eerste map van de drie die Luisa voor hem heeft neergelegd. Gelukkig heeft hij genoeg om hem tot de komst van Olivia aardig bezig te houden.

Zijn mobiel gaat over. Het is wederom Bella. Bella is de zus waar Alessandro de meeste lol mee heeft. Misschien omdat Bella de laatste van de vier is en omdat ze maar twee jaar in leeftijd van elkaar verschillen. Bella is kunstenares en ontwerpt allerlei beelden, groot en klein, voornamelijk van brons. Ze is, net als hij, een harde werker maar bovenal een levensgenieter. Ze maakt zich nergens druk om, maakt van niets een probleem. Als iets tegenzit dan gaat ze op zoek naar een oplossing. Heel direct en actiegericht. Hij had zich voorgenomen haar ergens vandaag terug te bellen, maar gezien de gekte die deze ochtend zal brengen is het maar beter om haar nu te woord te staan.

'Hé, Bella,' zegt hij terwijl hij opstaat vanachter zijn bureau om vervolgens zijn deur dicht te doen. Alessandro verwacht ook van Bella iets van een preek naar aanleiding van zijn gedrag. Zijn zusters bellen elkaar regelmatig en bespreken alles tot in detail met elkaar. Dus ook zijn leugentje om bestwil is hoogstwaarschijnlijk een eigen leven aan het leiden. Hij zet de speaker aan en neemt plaats achter zijn bureau. 'Ja, ik ben een klootzak. Zeg het maar.'

'Als je dat echt wilt, dan zeg ik dat. Maar waarom ben je een klootzak?'

'Heb je met Marina gesproken?'

'Ja,' zegt Bella aarzelend, alsof ze nadenkt waar dit gesprek met haar broer heen gaat.

'En ook met Tina?'

'Alesso, ik spreek Marina, Tina en Arianna dagelijks en dat weet je best.'

'En hebben jullie het ook over mij gehad?'

'Nee, waarom?'

'Oké, dan is het goed.'

'Wat doe je raar. Is er iets?'

'Nee, niets. Maar je belde.'

'Ja, heb je vrienden bij de maffia?' Hij moet spontaan lachen om die rare vraag van zijn zus. Voor een moment is hij alle spanning kwijt die al de hele ochtend op zijn schouders rust.

'Vrienden bij de maffia? Wie denk je wel dat ik ben? Een of andere crimineel of zo?'

'Ik neem aan dat dit betekent dat je geen mensen bij de maffia kent?'

'Natuurlijk ken ik geen mensen bij de maffia. Ik ben een keurige zakenman, Bell, die alles volgens het boekje doet. Hoe lang ken je me nu?'

'Slappeling! Hoe kan een grote zakenman als jij niemand kennen bij de maffia?'

'Slappeling? Nu ben ik een slappeling. Gisteren was ik een klootzak, een bedrieger en een leugenaar,' zegt Alessandro. Slappeling klinkt in zijn oren als een vooruitgang in vergelijking met klootzak.

'Wie heeft gezegd dat je een klootzak bent? Je bent een schatje!'

'Nou, aan jou heb ik wat. Dankjewel, Bell.'

'Maar ik heb dus totaal niets aan jou, want ik heb echt de maffia nodig.'

'Waarvoor heb jij in hemelsnaam de maffia nodig?'

'Ik wil een ex van me de stuipen op het lijf jagen.'

'Is dat ex nummer acht of nummer negen?'

'Alesso! Wat denk je wel niet van je zus! Dit is ex nummer drie.'

'En wat heeft hij gedaan dat je de maffia moet inschakelen?'

'Hij heeft een nieuwe en jongere vriendin.'

'En?'

'En? En?'

'Bell, wat is het probleem? Volgens mij ben jij degene die een punt achter die relatie heeft gezet. Moet hij nu dan zijn hele leven single blijven? Dat kun je wel vergeten. Mannen sluiten iets af en gaan gewoon door.'

'Dat zie ik, ja. Maar ik had altijd gedacht dat ik eerder een nieuwe liefde zou hebben. En nu is hij eerder en dat kan ik niet uitstaan, Alesso.'

'Bell, laat die gast lekker met rust en ga op zoek naar een nieuwe kerel.'

'Dus geen maffia?'

'Dag, Bell!' zegt Alessandro, waarna hij de verbinding verbreekt. Hij doet zijn deur weer open en lacht nog steeds om die maffiavraag van Bella. Het was een totaal ander gesprek geworden dan wat hij had verwacht. Een beetje gekkigheid was inderdaad wat hij nodig had, zeker met de komst van Olivia in het vooruitzicht. Focussen op de problemen van iemand anders zodat je die van jezelf kunt vergeten werkt altijd. Hij gaat verder met zijn dossiers aangezien de tijd doortikt, alsof de tijd een eigen missie heeft. En voordat hij er erg in heeft is het tijdstip dan ook aangebroken. De tijd heeft voor zijn gevoel net iets harder gelopen dan normaal. Bij de receptie, die zo geplaatst is om bezoekers de doorgang naar de kantoortuin iets te belemmeren, hoort Alessandro hoe Olivia zichzelf voorstelt aan Rafaella, de receptioniste.

Dankzij het gesprek met Bella is hij minder gespannen en is hij klaar om de confrontatie met Olivia aan te gaan.

19

Olivia loopt het kantoor van Bellini Yachts binnen en meldt zich bij de receptie. De receptioniste is uiterst vriendelijk en gebaart Olivia plaats te nemen in de ruimte die dienstdoet als wachtkamer. Er staan vier comfortabele grijze fauteuils, een paar exotische planten en op de salontafel staat een prachtig bloeiende roze orchidee. Het kantoor is modern ingericht, met allerlei attributen met een nautisch tintje. Aan de voorkant van de receptie is een groot stuurwiel bevestigd, geschilderd in zilver en kobaltblauw, de kleuren van het bedrijf. Op de vloer is een kaart geschilderd waarop Olivia diverse bekende vaarroutes ontdekt. De receptioniste keert terug met de boodschap dat ze zo wordt opgehaald.

'Dat is prima. Ik weet dat ik iets aan de vroege kant ben,' stelt ze de receptioniste gerust.

'Wilt u iets drinken? Koffie, thee of liever iets verfrissends als ice tea of limonade?'

'Zou ik een cappuccino mogen?'

'Uiteraard. Ik kom het zo brengen.' Hoewel alle medewerkers druk aan het werk zijn, heerst er een zekere rust binnen de kantoortuin. De receptioniste keert terug met de cappuccino. Ook deze cappuccino smaakt, zoals alle koffie op Capri, voortreffelijk. Italië en koffie, een combinatie waar het pure perfectie, vakmanschap en genot betreft. Olivia werpt een blik op haar horloge. Het is een paar minuten voor elf. Ze kijkt naar buiten en tuurt enige tijd over de haven en de baai. Even is ze terug bij haar lunchafspraak van gisteren die zo perfect begon om vervolgens in een totale desillusie te eindigen.

'Luisa, wil je mijn telefoontjes voor de komende twee uur aanhouden? Ik kan absoluut niet gestoord worden.'

Die stem! Olivia's gedachten aan de romantische lunchafspraak van gisteren worden abrupt onderbroken. Ze verstijft enigszins en haar nekharen gaan recht overeind staan. Die stem klinkt akelig bekend. *Dit kan niet waar zijn. Het drama dat gisteren begon is dus nog lang niet ten einde?* Vanuit de hoek in de wachtkamer heeft Olivia geen zicht op de kantoortuin en de overige werknemers. Haar hand begint te trillen, evenals de koffiemok op het schoteltje. De voetstappen die op de houten vloer weerklinken komen steeds dichterbij. Zo gecontroleerd mogelijk zet ze kop en schotel op het tafeltje voor haar neer. Haar hart gaat als een razende tekeer. Voor haar gevoel klopt het twee keer sneller dan normaal. Ze houdt onbewust haar adem in en sluit haar ogen terwijl die voetstappen alsmaar dichterbij komen.

'Mevrouw Martin?' Olivia kan niet anders dan haar ogen openen en deze waarheid letterlijk onder ogen zien.

'Dat klopt,' zegt ze kort en zakelijk. Ze staat op en geeft hem, voor de formaliteit, een hand. Emoties tonen is nu niet gepast. Dat moment gaat zeker komen, maar niet hier in de wachtruimte. Ze leest iets van onzekerheid en angst in zijn ogen, waarna hij zich direct weer lijkt te ontspannen. *Wees jij maar lekker bang, jongen, want dit grapje komt je duur te staan.*

'Welkom. Ik ben Alessandro Bellini.' Ze kijkt hem vol ongeloof aan. Ze is sprakeloos. 'Loopt u mee?' Hij keert zich om en gaat haar voor richting de kantoortuin. Achter in de kantoortuin lopen ze een kantoorruimte in. Ze neemt aan dat het zijn kantoor is. De inrichting is, net als de rest van het kantoor, modern. Dit kantoor heeft meer persoonlijkheid. Enkele familieportretten. Foto's van vakantiemomenten op diverse jachten. Een boekenkast met daarin diverse prijzen en plakkaten. Allemaal voor de prestaties die ze de afgelopen jaren hebben geleverd en de kwaliteit die Bellini Yachts de afgelopen jaren heeft waargemaakt. Ook hier weer de kleuren zilver en kobaltblauw, waarbij de blauwe kleur duidelijk overheerst. Maar ze is hier niet voor de inrichting. Zakelijk gezien wel natuurlijk, maar niet voordat ze iets heeft rechtgezet.

'Neem plaats,' zegt hij op de vriendelijke en zachte toon die ze vanaf hun eerste ontmoeting heeft leren kennen. De deur van zijn kantoor gaat dicht. Dat is maar goed ook, want dit wordt een gênant gesprek dat hij zijn medewerkers vast wil besparen.

'Ik heb totaal geen behoefte om te zitten. Als het aan mij ligt ga ik zo snel mogelijk de deur van dit kantoor weer uit.'

'Ik begrijp dat je boos bent.' Hij kijkt naar de uitdrukking op haar gezicht. 'Misschien is woest een beter woord. Maar ik heb geprobeerd het je uit te leggen. Helaas zonder resultaat.'

'Jij?! Echt? Jij bent Alessandro Bellini?! Wat bezielde je om mij op die manier te benaderen?'

'Ik wist niet wie jij was. Olivia, je moet me geloven. Die dag dat je autopech had voelde ik al meteen de aantrekkingskracht tussen ons.'

'Hoe kun je niet weten hoe je nieuwe medewerker eruitziet? Zit je niet op social media?'

'Waarom zou ik? Ik vind dat niet nodig. Ik heb je dus echt niet van tevoren gegoogeld of zo.'

'Wow, en dat in deze tijd!'

'Maar, zeg nou eerlijk, maakt jouw uiterlijk je tot een betere interieurarchitect?'

'Mijn uiterlijk staat totaal los van mijn vakkundigheid.'

'Dat is wat ik bedoel. Hoe jij eruitziet heeft niets te maken met de beslissing of ik je een opdracht gun of niet. Dat staat er helemaal los van. Ik heb de foto's gezien van je vorige opdracht in Fort Lauderdale. De eigenaar heeft jou aanbevolen. Hij was laaiend enthousiast over jouw expertise. Na enige overweging heb ik besloten om bij jou een offerteaanvraag uit te zetten. En dat is de waarheid. Kiezen voor jouw expertise was een puur zakelijke beslissing.' Dat zijn keuze voor haar een zakelijke beslissing was en meer ook niet, klinkt hard. Maar het is niet meer dan logisch.

'Die zakelijke beslissing kan ik plaatsen.' Hij kijkt haar aan met iets van angst in zijn ogen. Waarschijnlijk bang voor wat er komt.

'Maar?' vraagt hij.

'Ik heb je mijn kaartje gegeven. Daaruit kon je opmaken wie ik was. Ik neem aan dat je tenminste de naam van je nieuwe medewerker ergens in je geheugen had opgeslagen?'

'Uiteraard. Het zou zeer onprofessioneel zijn als ik niet wist hoe jij heette.'

'Dus wanneer precies ben jij erachter gekomen dat ik, de gestrande toerist, Olivia Martin was? Die maandag nog, of gisteren? Of heb je nu pas tijd gehad om mijn kaartje te bekijken en één en één bij elkaar opgeteld?'

'Ik...,' hij zucht en kijkt bedenkelijk. Hij moet klaarblijkelijk diep graven om het antwoord te vinden.

'Alessandro...,' Olivia moet even slikken. Ze realiseert zich dat dit de eerste keer is dat ze de naam van haar aantrekkelijke vreemdeling hardop heeft uitgesproken. Ze weet eindelijk zijn naam! Ze merkt dat zijn naam, door haar uitgesproken, ook op hem een onverwacht effect heeft. Hij staat op en loopt vanachter zijn bureau naar haar toe. De tederheid in zijn ogen, die ze de eerste avond op Capri al mocht aanschouwen, is terug. Hij doet een poging om haar hand te pakken. De drang om haar hand terug te trekken wordt verdreven door het verlangen naar iets veel groters. Hij ruikt naar sandelhout, tabak en een vleugje vanille. Dat hij zo dichtbij staat maakt dat ze moeite heeft met ademhalen. Helder nadenken schijnt al helemaal niet te lukken. Toch moet ze het proberen. Dit is het moment om professioneel en zakelijk te blijven. Enige emotie tonen is niet voor nu, niet voor dit kantoor, maar voor later wanneer ze alleen en verscheurd door hartzeer in haar hotelsuite zit. Dan mogen de tranen stromen en mag de frustratie zich uiten. Ze herstelt zich iets en probeert de draad van het gesprek weer op te pakken. Zijn antwoorden zijn te cruciaal en zullen haar leidraad vormen bij de beslissing hoe deze puinhoop weg te werken, zonder dat er gewonden vallen.

'Meneer Bellini, u hebt geen antwoord gegeven op mijn vraag.'
'Alsjeblieft, noem me Alessandro.'

'Meneer Bellini, wanneer hebt u de gegevens op mijn visitekaartje bestudeerd?'

'Toen we in de sleepwagen zaten op de terugweg naar de garage.' Ze denkt na en trekt langzaam haar hand uit de zijne.

'Dat was maandag al! En die maandagavond, die avond van onze eerste kus, wist jij dus al dat ik Olivia was. Op dat moment had je alle gelegenheid om mijn misvatting dat jij Luca was recht te zetten. Maar daar heb je duidelijk niet voor gekozen. Jij wist toen al dat we binnenkort samen moesten gaan werken.'

'Olivia, geloof me als ik zeg dat het me spijt. Ik kwam die avond naar het hotel met de intentie om je alles te vertellen, maar je zag er zo adembenemend mooi uit. Je schoonheid heeft me totaal verblind. Het enige dat ik op dat moment wilde was je in mijn armen sluiten.'

'En dat is je excuus?' De tranen springen spontaan in haar ogen. Ze pakt haar tas en haar projectmap. *Dit is wat er gebeurt wanneer je als een verliefde puber valt voor de charmes van de eerste de beste vreemdeling. Waarom heb ik dit zover laten komen? Maar nu ben ik er echt klaar mee.* 'Jij bent inderdaad niets meer dan een bedrieger en een leugenaar,' zegt ze terwijl de tranen over haar wangen stromen. Ze opent de deur en rent de kantoortuin in. Zonder zich iets te bekommeren over de verbaasde gezichten die haar aanstaren, snelt ze richting de uitgang.

⁓⁓⁓

Alessandro komt zijn kantoor uit.

'Olivia!' roept hij haar nog na, maar ze is al uit het zicht verdwenen. Hij blijft naar de voordeur staren, in de hoop dat Olivia toch besluit terug te keren. Na enige ogenblikken geeft hij zich gewonnen. Hij keert zich om en beseft dat iedereen hem verbaasd aanstaart. Hij keert terug naar zijn kantoor en smijt de deur met enige frustratie dicht. De hele situatie rondom Olivia had hij liever voor zichzelf gehouden. Dat al zijn medewerkers getuige zouden zijn van deze escalatie had hij niet voorzien. Alhoewel, met het eigenwijsje dat Olivia is, had hij dat eigenlijk wel kunnen verwachten. Hij weet altijd overal een oplossing voor te bedenken. Of hij ook voor de misverstanden met Olivia een creatieve oplossing kan bedenken is nog maar de vraag. De liefde, en zeker wanneer het diepgaande gevoelens betreft, vraagt een bijzondere aanpak. Een gebied waar hij totaal geen verstand van heeft. Hij pakt zijn spullen en meldt zich voor de rest van de dag af bij Luisa. In geval van nood is hij bereikbaar. In alle andere gevallen kunnen ze bij Emilio, de projectmanager, terecht.

Op de parkeerplaats vraagt hij zich af of het wijsheid is om Olivia te bellen. Uiteindelijk ziet hij daarvan af. Althans, voor dit moment. Misschien moet hij toch eerst wijze raad vergaren voordat hij de volgende stap richting Olivia zet.

Het is een korte rit naar het huis van Marina, iets ten zuiden van het eiland. Haar man, Giorgio, is aan het werk en haar twee jongens hebben college. Marina werkt drie dagen per week als bibliothecaresse in de oude bibliotheek in het centrum van Capri. Op woensdagen en vrijdagen is ze vrij. Zo ook vandaag. Na een innige omhelzing lopen ze de achtertuin in. Onder een aantal citroenbomen heeft ze diverse gietijzeren stoelen en tafels staan. Op de zittingen van de stoelen liggen kleurrijke kussens, over de tafels zijn roze tafellakens gedrapeerd. Het is allemaal zo aangekleed alsof Marina op het punt staat een heus tuinfeest te geven. Op een van de tafels staat een karaf met limonade, stukjes fruit en ijsblokjes erin. Ze schenkt twee glazen in. Terwijl ze haar broertje een glas overhandigt bestudeert ze hem aandachtig.

'Ik neem aan dat je het juiste hebt gedaan?' valt ze maar meteen met de deur in huis.

'Dat heb ik inderdaad. En wat denk je dat het me heeft opgeleverd, Marina?'

'Vertel.'

'Ik zou niet weten waar ik moet beginnen.' Marina neemt een slok van haar limonade. Ze zet haar glas neer en loopt het huis weer in. Wanneer ze terugkomt heeft ze een schaal vol cannoli, rijk gevuld met gele room.

'Nou?'

'Maandagavond is het uit de hand gelopen. Ik ging naar haar hotel met de intentie om haar te vertellen dat ik niet Luca ben maar Alessandro, haar nieuwe opdrachtgever.'

'Ik begrijp dat het er toen niet van gekomen is?' Marina houdt de schaal met cannoli onder zijn neus. Hij bedankt beleefd. Ze zet de schaal neer en trakteert zichzelf op een cannolo.

'Nee. En dinsdag hadden we een lunchafspraak.'

'En ook toen heb je het niet kunnen vertellen?' Alessandro schudt zijn hoofd. 'Mio Dio! Wat hebben jullie dan wel gedaan als er totaal geen ruimte was voor conversatie?' Alessandro begint heimelijk te lachen. 'Laat ook maar, ik wil het bij nader inzien helemaal niet weten,' zegt Marina lachend. 'En nu?'

'Ze was vanochtend bij mij op kantoor en kwam er toen pas achter dat ik van Bellini Yachts ben.'

'Dat is het moment waarop ze de hete beker met koffie heeft opgepakt, in je gezicht heeft gegooid en het kantoor huilend uit is gerend?'

'Gelukkig heeft ze het gedeelte met die hete koffie achterwege gelaten. God weet dat ze er alle kans voor heeft gekregen. Maar het kantoor huilend uitrennen, dat komt me bekend voor.'

'Laat haar voorlopig maar met rust. Hoeveel moeite je ook gaat ondernemen om haar jouw kant van het verhaal te vertellen, het gaat niet werken. Ze heeft haar buik even vol van jou. Het laatste wat ze wil is naar jou luisteren, omdat ze niet weet wat bij jou waarheid is en wat niet. Geef haar de tijd om uit te razen.'

'En dat is alles?'

'Dat is alles. Ze komt vanzelf terug. Wat ik van jou heb begrepen is dat ze een professional is. Eentje die haar bedrijf en haar opdrachten hoog heeft zitten.'

'Een professional is ze wel degelijk. En zakelijk.'

'Wacht rustig af. Het zal vanzelf loslopen.'

'Als jij het zegt.'

Ze knikt bevestigend. Alessandro pakt zijn limonade op en kijkt bedenkelijk naar de inhoud. 'Heb je ook bier? Limonade is niet echt waar ik nu behoefte aan heb,' merkt hij op met iets van afkeur op zijn gezicht.

'Je weet waar de koelkast staat,' zegt ze waarna ze nog een hap van haar cannolo neemt.

20

Bij de villa aangekomen snelt Olivia zich naar haar kamer. Ze heeft behoefte om alleen te zijn. Misschien dat ze Marge later nog om advies vraagt, nu ze weet dat haar charmeur Alessandro Bellini heet. Marge kan vast het nodige over hem vertellen. Ze smijt de map vol plannen voor Bellini Yachts op de sofa. Voorlopig is ze helemaal klaar met Alessandro Bellini en zijn opdracht.

Ze laat het bad vollopen en doet er wat rozenolie in. Uit de vaas op de salontafel neemt ze een aantal gele rozen. Ook die doet ze in het dampende bad. Ze belt naar de bar en bestelt een Blue Curaçao cocktail. Ondertussen zoekt ze op haar smartphone naar haar jazzcollectie en loopt langzaam de lijst door. *Euge. Marion. Gerald. Brian B. Brian C. Dave. Boney.* Ja, dit is absoluut een *Boney James*-moment. Olivia kiest het nummer *You don't have to go home*. Er wordt op de deur geklopt. Haar cocktail is gearriveerd. Ze bedankt de butler en loopt terug naar de badkamer waar ze haar cocktail op een krukje naast het bad neerzet. Ze glijdt in het dampende bad waarna het de hoogste tijd is voor even helemaal niets. Ze probeert te ontspannen, nergens aan te denken en van het hier en nu te genieten. Het luisteren naar *You don't have to go home* maakt dat ze haar omgeving vergeet. Helaas is dat van zeer korte duur.

De vraag waarom Alessandro gedaan heeft wat hij heeft gedaan maalt constant door haar hoofd. Waarschijnlijk had hij dat uiteindelijk wel verteld, als ze hem vanochtend op kantoor de kans had gegeven zijn kant van het verhaal te doen. Of die avond ervoor. Die kans heeft Olivia hem nagenoeg niet gegeven. De ontdekking dat Luca Alessandro Bellini was heeft haar van haar stuk gebracht. Het enige dat ze op dat moment wilde was de afstand tussen Alessandro en haar zo groot mogelijk maken.

Eenmaal in haar auto heeft ze overwogen om meteen richting de veerboot te gaan, terug naar het vasteland. Dat heeft ze achteraf nagelaten. Gelukkig maar, want dat zou een stomme zet geweest zijn. Vluchten voor een gebroken, gekneusd of verscheurd hart heeft ze nu vaak genoeg gedaan. Het is tijd om volwassen te worden en zaken, hoe ongemakkelijk ook, onder ogen te zien. Maar de vraag is: waar te beginnen? Wie heeft hier onaanvaardbaar gehandeld? Is het Alessandro of heeft zij ook iets bijgedragen aan deze misère? Ze neemt een slokje van haar cocktail.

In gedachten gaat ze terug naar die maandagavond waar de gevoelens de overhand kregen. Wanneer Olivia teruggaat naar die maandagavond komt ze tot een verrassende ontdekking. Zij is degene geweest die letterlijk de eerste stap heeft gezet. Die stap was veel te groot, waardoor ze opeens ongemakkelijk dicht bij Alessandro stond. Hij deed een stap in haar richting. Op dat moment stonden ze zo dicht bij elkaar dat een kus onvermijdelijk was. Alessandro was degene die haar uiteindelijk gekust heeft, maar zij heeft er aanleiding voor gegeven. Dat neemt niet weg dat hij haar had moeten tegenhouden. Hij wist toen al wie zij was. Dat heeft hij uiteindelijk nagelaten.

Op kantoor heeft ze Alessandro de les gelezen over social media, maar eerlijk gezegd googelt ze zelf ook nooit een gesprekspartner voorafgaand aan een afspraak. Dat vertroebelt volgens Olivia het ware beeld. De aannames die je doet en de vooroordelen naar aanleiding van een artikel of een foto geven vaak een vertekend beeld van de persoon in kwestie. Dan stap je bevooroordeeld een gesprek in. Dat probeert Olivia zoveel mogelijk te voorkomen. Wat ze wel weet is dat Bellini Yachts het internationaal geweldig doet. Ze zijn één van de grotere spelers binnen de pleziervaart.

Dat Alessandro Bellini gefortuneerd is staat dan ook buiten kijf. Het verbaast Olivia dat hij, ondanks zijn fortuin, toch zo'n levensgenieter is. Een zorgeloos type. Alessandro is het tegenovergestelde van de vermogende en machtige zakenlui waar zij dagelijks mee te maken heeft. Hij is sociaal, behulpzaam, lief, kan goed luisteren, gemakkelijk in de omgang en iemand met wie Olivia urenlang zou kunnen praten. Als ze eerlijk is moet ze toegeven dat Alessandro de man is waar ze altijd naar verlangd heeft. Helaas is er te veel gebeurd. Voor iemand als Alessandro is er momenteel geen ruimte in haar hart of in haar leven. Een ondernemer als levenspartner is niets voor haar. Dat is de conclusie die ze na Dave en Peter heeft getrokken. Het is niet het soort man waar ze haar leven mee kan of wil delen. En dat is iets dat ze zichzelf maanden geleden heeft beloofd. Geen zakenmannen meer, alleen waar het interieurzaken betreft. Olivia betwijfelt of het ooit nog goed zal komen met haar liefdesleven.

Dat deze reis zoveel teweeg zou brengen had ze vooraf niet kunnen voorzien. Ze had gerekend op een uitdagende en inspirerende opdracht. Waar ze niet op had gerekend was een verliefd hart en op hol geslagen verlangens. Na Peter had ze in stilte de liefde opgegeven. Ze geloofde er heilig in dat er niemand op deze wereldbol rondliep die haar echt begreep. Ze had afgerekend met het fabeltje dat er voor iedereen een soulmate bestaat. Dat is pas echt een sprookje, een verzonnen feit. Wat een feit is, is dat ze naar alle waarschijnlijkheid geboren is om alleen door het leven te gaan. Olivia pakt haar telefoon. Het is tijd om haar hart te luchten en haar verdriet en frustratie met een van haar maatjes te delen.

'Eindelijk weer een teken van leven,' klinkt het vrolijk door de luidspreker.

'Hé, Joan,' antwoordt Olivia op haar beurt net iets minder enthousiast dan haar beste vriendin.

'Ik ken die toon! Hoezo, ben je verliefd? Je bent nog geen twee dagen op het eiland!' Joan kent haar echt veel te goed.

'Het is een puinhoop, Joan. En ik weet niet of ik dit nog recht kan breien.'

'Alles kan. Maar mijn gevoel zegt me dat dit gesprek vraagt om een gigantische pot Ben & Jerry's.' Door de luidspreker is te horen hoe Joan de lade van het vriesvak opentrekt om die vervolgens weer te sluiten. Vanaf het terras kijkt Olivia naar beneden. Ze ziet een aantal bekende gezichten, waaronder die van Marge. Marge zwaait en roept: 'Kom je nog een borreltje doen voor het eten?'

'Tegen een borreltje zeg ik geen nee. Je ziet me straks,' antwoordt Olivia, terwijl ze haar mobieltje demonstratief in de lucht houdt. Marge begrijpt dat ze ergens middenin zit en steekt een duim op.

'Vertel, Liv.' Olivia vertelt het hele verhaal aan Joan. Af en toe komt er een vraag van Joan tussendoor. Na het hele verhaal bijna ademloos aangehoord te hebben, slaakt Joan een diepe zucht. 'Inderdaad! Wat een puinzooi op dat eiland.'

'Maar wat is de oplossing, Joan? Wat moet ik doen?'

'Ik denk dat je dat zelf wel weet.'

'Er bestaat twijfel tussen een aantal opties, maar ik hoor ook graag jouw mening,' dringt Olivia aan.

'Geen probleem. Dan heb ik voor jou wel een aantal vragen waarop je eerlijk moet antwoorden. Liegen wat betreft je gevoelens heeft geen zin, Liv. Dat vreet alleen maar energie. Het is verspilde energie die je liever in iets anders kunt steken.' Olivia weet dat Joan weer eens gelijk heeft.

'Oké,' antwoordt Olivia een beetje aarzelend. Joan is direct en kan heel diep graven. Ze krijgt van menig vriendin de diepste geheimen onthuld. Zonder het door te hebben, wordt er in gesprekken met Joan meer losgelaten dan iemand vooraf bereid was prijs te geven.

'Vind je deze Alessandro leuk? Niet aarzelen, zeg gewoon wat je voelt.'

'Ja, hij is ontzettend leuk.'

'Oké, ontzettend leuk zelfs! Niet eens gewoon leuk. En wat maakt hem zo ontzettend leuk?'

'Hij heeft humor, is spontaan, toegankelijk, sociaal en behulpzaam. Het jammere is dat hij ondernemer is.'

'Waarom ben je eigenlijk boos op hem? Is het omdat hij jouw misvatting niet meteen gecorrigeerd heeft? Of omdat hij wist wie je was toen hij je kuste? Of omdat hij ondernemer is?'

'Eigenlijk ben ik boos op mezelf, Joan. Boos dat ik weer verliefd ben. Liefde is echt één en al ellende. Ook ben ik boos over het feit dat ik, ondanks mijn voornemen, toch weer voor een ondernemer ben gevallen.'

'Maar toen je dacht dat hij Luca was, was je al verliefd terwijl je wist dat hij een garage had en dus ondernemer was.'

'Ja, maar wel eentje die een overall droeg in plaats van een pak en stropdas.'

'Maakt dat een ondernemer per definitie een slechterik?'

'Joan, mannen die pakken dragen zijn vreselijke, arrogante wezens. Niet te vergeten egocentrisch. Alsof de wereld alleen om hen draait. En dat er nog miljoenen anderen op deze aarde rondlopen, laat hen volkomen koud. Totdat ze je voor een deal nodig blijken te hebben, dan zijn ze de vriendelijkheid zelve en worden ze je grootste vriend. Dat is toch hypocriet, Joan?'

'Hoor je wel wat je zegt, Liv? Volgens mij heb jij die Adonis van jou nog geen minuut geleden beschreven als totaal het tegenovergestelde van die vreselijke, fortuinlijke mannen. Als ik me niet vergis heb jij woorden als sociaal, lief, behulpzaam en toegankelijk gebruikt. En wat als hij een eigen bedrijf heeft? Dat maakt hem toch niet meteen een gevoelloos of slecht iemand? Jij bent een zakenvrouw, maar jij bent de warmste persoonlijkheid die ik ken. Het ondernemerschap heeft jou totaal niet veranderd.' Olivia zwijgt. Ze is terug in haar eigen hoofd. Ze kan niet anders dan Joan gelijk geven.

'Joan, je bent mijn persoonlijke engel.' Iedereen over één kam scheren is wat ze de afgelopen tijd onbewust heeft gedaan. Zeker waar het mannelijke zakenlui betreft. Ook zij is een gefortuneerde ondernemer. Maar ze is óók eerlijk en oprecht, en ze heeft een zuiver hart. Er is niets afstandelijks of arrogants aan haar.

'Als je dat maar niet vergeet wanneer je cadeaus gaat shoppen op het eiland.'

'Natuurlijk niet!'

'Als laatste wil ik nog één ding kwijt. Een beetje denkvoer voor vannacht in bed.'

'En dat is?'

'Je bent gedreven en succesvol. Alles waar jij je in vastbijt wordt prachtig. Wanneer jij de regie in handen hebt bepaal je zelf hoe succesvol de uitkomst wordt. Waarom heeft Peter dan nog steeds de regie wanneer het op het belangrijkste aspect van je leven aankomt?'

'Dat heeft hij niet!'

'Oh Liv, dat heeft Peter absoluut. Omdat hij zich heeft misdragen laat je de man van je dromen lopen, want alle mannen zijn zoals Peter.'

'Dus?' vraagt Olivia.

'De macht die jij iemand geeft kun je ook weer terugnemen, Liv! Jij hebt Peter de regie over jouw hart gegeven. Maar over jouw hart heeft hij niets meer te vertellen.' Langzaam dringt het tot Olivia door wat Joan probeert te zeggen.

'Ik heb de macht!'

'Jij hebt de macht en die heb je altijd al gehad.'

'Wist je dat ik de beste vriendin heb die iemand zich maar wensen kan?' Joan begint hartelijk te lachen. 'En hoe is het met jou?'

'Niets te klagen eigenlijk. Druk met werk.' Joan is juf op een basisschool en ontfermt zich dagelijks over twintig kinderen in groep één.

'Nog leuke anekdotes over ouders?'

'Best een aantal.' Joan denkt na. 'Vorige week hadden we het over favoriete gerechten. Lisa zei: "Vroeger was spaghetti mijn favoriete gerecht, maar nu niet meer omdat mama zegt dat het de hersenen van papa's nieuwe vriendin zijn".' Olivia schiet in de lach en kan niet meer stoppen.

'Dat is hilarisch!'

'En deze dan, van Erin gisteren. Die vroeg waar je naartoe gaat als je naar je moer moet lopen.' En weer schiet Olivia in een schaterlach.

'Joan, ik vind dat het tijd wordt om een boek te schrijven over dit soort uitspraken van die kids van jou.' Voor Olivia is het duidelijk dat het tijd wordt om alle ellende los te laten. Er is meer in het leven dan vasthouden aan zelf geformuleerde idealen, denkbeelden en overtuigingen. Alles waar ze zo zwaar aan tilde, alle gebeurtenissen van de afgelopen maanden en dagen, wat stelt het allemaal voor? Het leven is om van te genieten en je niet al te druk te maken over van alles en nog wat. Is ze misschien iets te verwijtend richting Alessandro geweest? Heeft ze dit spel wel eerlijk gespeeld? Of heeft ze haar eigen regels bepaald?

'Hé, maar jongedame, het speelkwartiertje is voorbij. De groep moet terug naar de klas.'

'Love you, Joan.'

'Love you more,' zegt Joan voordat ze de verbinding verbreekt.

21

Alessandro loopt de garage van Luca binnen. Hij pakt een overall uit de kast. Vanuit het kantoor slaat Luca hem gade, zich waarschijnlijk afvragend wat hij in hemelsnaam hier doet. Hij loopt het kantoor binnen. Luca staat op en ze omhelzen elkaar.

'Jij hier midden op de dag? Dan is het ernstig.'

'Een schotwond zou nog minder pijnlijk zijn geweest,' verheldert Alessandro zijn gemoedstoestand.

'Zo erg? Wat kan er nou vreselijker zijn dan een schotwond?'

'De liefde,' geeft Alessandro maar meteen toe.

'Ja, dat is inderdaad het moordwapen onder de moordwapens. Daarom doe ik niet aan de liefde. Te veel gedoe. Te pijnlijk. Het is het allemaal niet waard. Die vlieger gaat in jouw geval misschien niet op. Olivia kan het waard zijn, maar dat is aan jou om te bepalen.'

'Heb je het druk?' vraagt Alessandro geïnteresseerd.

'Eigenlijk is het vandaag vrij rustig, moet ik zeggen.' Luca neemt Alessandro bedenkelijk in zich op. 'Ik weet iets om deze dag door te komen.' Luca loopt zijn kantoor uit en verdwijnt in het magazijn. Niet veel later komt hij terug met twee hengels, wat hengelgerei en een koelbox. Alessandro voelt meteen dat er iets in hem verandert. Dit is inderdaad een prima bezigheid om zijn gedachten te verzetten. Volgens Marina is het goed om rustig af te wachten waar het Olivia betreft.

'Dit is inderdaad wat deze dag nodig heeft!' zegt Alessandro terwijl hij wat spullen van Luca overneemt. Luca geeft instructies aan de jongens. Hij verwacht niet veel ellende gezien het verloop van deze dag. De heren rijden naar de Marina. Bij een van de cafetaria's gooien ze de koelbox vol met non-alcoholisch bier, enkele blikjes frisdrank en een paar flessen bronwater. Bij de visboer halen ze broodjes tonijn, zalm en sardientjes. Bij de hengelsportwinkel slaan ze wat aas in. Alessandro kiest voor hetzelfde jacht waarmee hij met Olivia naar de blauwe grot was gevaren. De heren laden de spullen in, gooien de trossen los en zijn klaar voor wat avontuur. Een van de dingen waar het bij hengelen om draait is dat je je totaal overgeeft aan het moment. Niets anders is op dat moment belangrijk. En dat is nou precies wat Alessandro nodig heeft. Diepgaande onderwerpen worden op dit soort momenten niet besproken. Het gaat alleen over vis, aas, recepten en bier. Meer is het niet, maar dat kan juist alles zijn wat je soms nodig hebt om tot jezelf te komen.

Ze varen een eind de Golf van Napels op en zetten koers naar het zuiden. Terwijl ze varen genieten ze van hun biertjes. De ene keer staat Luca aan het stuur en de andere keer Alessandro. Na ruim een uur varen kiezen de heren een plek waar ze een goed gevoel bij hebben en gooien het anker uit. De hengels worden geprepareerd en zorgvuldig van aas voorzien. Daarna is het tijd om de hengels uit te werpen. Luca neemt plek aan bakboordzijde en Alessandro aan stuurboordzijde. Het grote wachten kan beginnen. De broodjes worden tevoorschijn gehaald, evenals de overgebleven blikjes bier.

'Het echte leven,' zegt Alessandro terwijl hij iets uitgezakt naast zijn uitgegooide hengel plaatsneemt.

'Dit is toch fantastisch. Dat we dit gewoon kunnen flikken, op de woensdagmiddag.'

'Inderdaad. Dit is pure rijkdom. Heerlijk!' De heren genieten van hun broodjes, het uitzicht en van elkaars gezelschap. En dan springt Luca op. Hij heeft beet. Langzaam draait hij aan de molen van zijn hengel om zijn buit binnen te halen. Alessandro staat klaar met het netje om de vis erin op te vangen. Eindelijk is de lijn zover ingehaald dat de vis kan worden opgevangen in het netje.

'Een brasem. En niet zo'n kleintje ook,' zegt Luca trots.

'Goed gedaan, man.' Alessandro geeft hem een schouderklopje. Luca haalt de vis van de haak en met het netje laat hij het beestje weer langzaam in het water glijden. Hij plaatst weer nieuw aas aan de haak en gooit zijn lijn opnieuw uit, zover als maar kan. Uit de tas pakt hij een broodje zalm en neemt er een stevige hap uit.

'Waarom doen we dit niet vaker?'

'Tijdgebrek denk ik,' zegt Alessandro. De laatste paar maanden hebben ze het allebei druk gehad met hun eigen onderneming. Alessandro is bezig geweest met het ontwerpen en vervaardigen van de nieuwe cruiser. En Luca heeft het druk gehad met de start van een nieuwe onderneming. Hij heeft sinds kort een scooterverhuurbedrijf dat boven verwachting presteert. Het is namelijk het enige bedrijf op het eiland dat elektrische scooters verhuurt. En aangezien mensen steeds milieubewuster worden heeft hij het gigantisch druk. Hij heeft nu dertig scooters maar overweegt nog eens twintig nieuwe aan te schaffen. De leiding van de scootershop heeft Luca overgedragen aan twee van zijn zussen, omdat ook de garage enorme drukke periodes kent. De zussen zijn volgens Luca gedreven zakenvrouwen. 'Onze laatste keer vissen is nu iets meer dan een jaar geleden!' Na die constatering kijken de vrienden elkaar vol ongeloof aan.

'Nee, dat kan niet,' gooit Luca in de verdediging.

'Ik weet het bijna zeker, want het was rond jouw verjaardag. Weet je dat nog?' gaat Alessandro verder.

'Dat klopt, maar dit jaar was ik in het buitenland toen ik jarig was. Dus dan moet het inderdaad rond mijn vorige verjaardag zijn geweest,' zegt Luca bedenkelijk. 'Ja! Weer beet,' gilt hij. Opnieuw loopt Alessandro Luca's kant op om de nieuwe vangst te bekijken.

'Wat een plaatje!' Het is een grote red snapper. De heren bestuderen de vangst en laten hem daarna weer ontsnappen in zee.

'Hé Less, ga jij nog iets vangen vandaag?' Alessandro moet lachen en vraagt zijn vriend geduld te hebben. Toch maakt hij zich enigszins zorgen over zijn hengelvaardigheden. Hij heeft nog niets gevangen terwijl ze al ruim een uur op zee dobberen. Misschien moeten ze inderdaad wat vaker gaan hengelen, dan kan hij zijn vaardigheden iets oppoetsen. Uiteindelijk geeft hij zich gewonnen. Het is maar een bezigheid om de tijd te verdrijven. Een paar uur waarin je je nergens druk om hoeft te maken. Dit moment, dobberend op zee met zijn beste vriend, heeft hem alle sores doen vergeten. Hij heeft er dan ook vrede mee dat hij weer een middag heeft verzuimd. Maar het resultaat, volledige rust in hoofd en lijf, is het absoluut waard.

Het gesprek met Joan heeft Olivia een nieuw perspectief gezorgd. Ze kan weer helder denken en ziet de dingen zoals ze zijn. De waarheid verdraaien zodat het beter past binnen je eigen denkbeelden en idealen, daar is nooit iemand beter van geworden. Jezelf ergens van betichten vraagt moed. Nog meer moed vergt het om een ander, die je ten onrechte van iets hebt beschuldigd, excuses aan te bieden. Olivia weet wat haar te doen staat. Ze weet dat al haar conclusies gebaseerd waren op haar eigen innerlijke strijd. De onuitgesproken issues over haar gestrande relatie heeft ze onbewust meegesleurd naar Capri. En dat is oneerlijk tegenover Alessandro. Dat Luca gebeuren was voor hem gewoon plezier hebben, een beetje gek doen en jezelf helemaal laten gaan. De dingen op hun beloop laten om te zien wat er gebeurt. Dat geeft ook weer aan wat voor een vrije geest hij is. Olivia heeft hem ten onrechte de wind van voren gegeven. Maar ook zij heeft van Joan, zij het op een iets minder confronterende manier, de wind van voren gehad. En dat was nodig ook. Ze moet Alessandro vergeven. Hem vergeven is geen punt, maar voor het openstellen van haar hart is het nog veel te vroeg. Er wordt op haar kamerdeur geklopt. Het is Marge.

'Jongedame, ik ben maar zo brutaal om je te komen halen. Ik heb je praktisch de hele dag niet gezien. En dineren op je kamer kan ik niet toestaan. Wij, de andere gasten en ik, willen ook vanavond weer een beetje van je schoonheid genieten.'

'Zo poëtisch. Prachtig verwoord, Marge. Maar ik was echt van plan om naar beneden te komen.'

'Nou, als je klaar bent dan kunnen we nu samen richting het terras lopen. We hebben vanavond calamares, scampi's en barbecue ribs op het menu. En voor het toetje tiramisu, mango-ijs en kersentaart met heel veel alcohol erin.'

'Wow, dat klinkt allemaal verrukkelijk. Mijn slanke lijn gaat hier helemaal aan diggelen, Marge.'

'Ach kind, dat figuurtje van jou is prachtig. Het kan echt nog wat hebben, hoor.'

Olivia weet inmiddels dat Marge tegenspreken, op welke manier dan ook, een zinloze actie is. Ze gaat het dan ook niet eens proberen. In de gang naar beneden besluit ze Marge een beetje uit te horen.

'Marge, ik vertelde je toch over dat misverstand met die Luca?'

'Die Luca die beweerde dat hij geen Luca was? Nonsens! Misbaksel van een jongen.'

'Juist, die. Achteraf blijkt nu dus dat hij inderdaad geen Luca was.'

'Kind, al die spanning kan ik niet hebben op mijn leeftijd. Vertel, wie is hij dan wel?'

'Zijn naam is Alessandro Bellini en hij is van...'

'Oh, maar dat is een schatje. Het klopt dat ze elkaars auto weleens lenen, vandaar dat ik dacht dat het Luca was die je steeds ophaalde. Een beter exemplaar kun je op Capri haast niet vinden. Eerlijk gezegd, weet ik het zeker. Als ik jou was, zou ik hem met beide handen vastgrijpen en, zonder er verder over na te denken, direct naar het altaar slepen.'

'Is hij echt zo fantastisch, Marge?'

'Kind, als ik niet al getrouwd was dan had ik het wel geweten. Hij is de hoofdprijs. Lief, zorgzaam en ook nog eens eentje met een gigantisch fortuin.'

'Ja, maar weet je, Marge, vrouwen hebben tegenwoordig hun eigen fortuin.'

'Het blijkt inderdaad steeds vaker voor te komen dat de vrouwen meer fortuin hebben dan menig man. Maar wat is er mis met een man die je alles kan geven wat je maar wenst? Er is niets mis met je laten verwennen. Het enige dat je hoeft te doen is ervan genieten. Je bent het meer dan waard.' Marge heeft gelijk. Een fortuin, hoe groot of klein, is bijzaak. De aanwezigheid van kapitaal en vermogen moet geen aanleiding zijn voor het afwijzen van een nieuwe liefde. Accepteer, ontvang en geniet. Maar kan ze dit doen zonder haar hart opnieuw te verliezen?

22

De heren keren na drie uur op zee terug naar de haven. De afgelopen uren heeft Alessandro geen telefoontjes van kantoor ontvangen. Niet dat hij dat verwacht had. In de toestand waarin hij het kantoor verliet was het ook voor Luisa duidelijk dat hij wat ruimte nodig had. Die ruimte heeft ze hem ook gegeven. Als zich op kantoor lastige zaken hebben voorgedaan, dan hebben ze in alle waarschijnlijkheid zelf naar oplossingen gezocht. Ook vanuit de garage zijn geen noodgevallen gemeld. De heren leggen het jacht aan en besluiten een pizza te halen. Ze rijden, ieder in hun eigen auto, de bergen in richting het centrum van Capri.

Het is iets na zeven uur en het plein is druk. Er is veel jeugd en er zijn veel toeristen. Luca en Alessandro lopen naar hun favoriete pizzeria en bestellen beide een pizza en een biertje. Luca een pizza salami en Alessandro een pittige pizza ansjovis. Ze nemen plaats aan een tafel buiten op het terras met uitzicht op de baai. Omdat Alessandro weet dat Luca niet gaat vragen naar de toestanden rondom Olivia besluit hij er zelf over te beginnen.

'Olivia was vandaag op kantoor.'

'Je nieuwe interieurarchitect. En, was het vuurwerk of viel het mee?'

'Ze heeft zich ingehouden totdat de deur van mijn kantoor dichtging.'

'Was ze boos?'

'Dat is nog zacht uitgedrukt. Ze was woest.'

'Die zijn gevaarlijk. Woeste vrouwen zijn onvoorspelbaar. Ze beginnen dan met spullen te gooien.'

'Dat heeft ze gelukkig nagelaten.'

'Heb jij even mazzel.'

'Ik heb geprobeerd haar eerst tot kalmte te manen. Maar dat lukte al niet. Ik probeerde tekst en uitleg te geven over waarom ik haar niet eerder heb verteld wie ik ben.' Luca neemt een hap van zijn pizzapunt. 'Ze wilde niets aannemen, want alles wat ik zei was volgens haar een leugen of een halve waarheid.'

'En daarna?'

'Ze stormde huilend het kantoor uit.'

'Heb je haar daarna nog gebeld of gesproken?'

'Volgens Marina was het beter om haar met rust te laten. Vrouwen hebben tijd nodig om dit soort emoties te verwerken en dingen op een rijtje te zetten.'

'Hoeveel tijd gaat dat verwerken kosten?'

'Dat weet ik niet. Maar volgens Marina zoekt ze vanzelf weer toenadering wanneer ze er klaar voor is.'

'En wanneer vertrekt ze? Ze kan namelijk ook makkelijk alles op een rijtje zetten in het vliegtuig terug naar Amsterdam.' Luca heeft gelijk. Olivia had zelf haar ticket geregeld. Alessandro weet dus niet wat haar vertrekdatum is.

'Ik weet het niet, Luc. Ik wacht het af, zoals Marina heeft geadviseerd. Alles wat ik doe zou een averechts effect kunnen hebben.' De heren eten rustig hun pizza en genieten van hun biertje. Een uurtje later besluiten ze huiswaarts te keren.

ree

Op de parkeerplaats besluit Luca dat hij nog niet naar huis kan. Hij heeft nog iets recht te zetten. Hij rijdt richting Villa Excellence. Of hij hier goed aan doet weet hij niet, maar hij moet het op zijn minst proberen. Het is altijd Alessandro die hem uit de penarie helpt. Nu is het zijn beurt om iets terug te doen.

Luca loopt de lobby van de villa binnen. Hij meldt zich bij de receptie en vraagt naar Olivia Martin. De receptionist belt naar boven en kondigt aan dat er beneden bezoek voor haar staat.

'Dat zal ik doorgeven,' zegt de receptionist waarna hij de verbinding verbreekt. 'Mevrouw Martin is onderweg. Wilt u in de lobby wachten of liever op het buitenterras?'

'Ik wacht wel buiten op het terras,' antwoordt Luca. Op het terras is het cocktailuurtje nog in volle gang.

'Wilt u misschien iets te drinken?' vraagt een butler vriendelijk.

'Graag. Doe mij maar een glaasje water.' De butler overhandigt hem een glas water waarvoor Luca hem bedankt. Kort daarna verschijnt Olivia op het terras. Ze herkennen elkaar en lopen naar elkaar toe.

'Hi Olivia, dankjewel dat je tijd voor me vrijmaakt.'

'Natuurlijk, dat is geen probleem. Het geeft mij trouwens mooi de gelegenheid om je te bedanken voor de fantastisch snelle reparatie van mijn auto.'

'Niets te danken.'

'Wil je zitten of lekker rondlopen in de tuin?'

'Rondlopen klinkt prima. Ik ben trouwens Luca.' Bij het horen van die naam kijkt Olivia verschrikt op. 'En ik heb het idee dat ik net zoveel schuld in deze hele misère heb als Alessandro. Hij bedoelde het echt niet slecht. Hij is de beste vriend die iemand zich maar kan wensen en...'

'Luca,' zegt Olivia terwijl ze een hand op zijn arm legt, 'ik ben tot de conclusie gekomen dat ik totaal buiten proportie heb gereageerd op deze hele kwestie.'

'Echt?'

'Ja, echt. Het heeft een poosje geduurd voordat ik het doorhad en wilde accepteren dat het gewoon een dom grapje was. Jullie wilden gewoon een beetje lol trappen. Maar toen Alessandro het me vertelde kon ik er de humor totaal niet van inzien.'

'Het is een opluchting om je dat te horen zeggen.'

'Nu nog een manier bedenken om oprechte excuses richting hem te maken.'

'Ik denk dat hij blij zal zijn met het nieuws. Ik zal je zeggen dat hij de oudere broer is die ik nooit heb gehad. Ik haal rotzooi uit en Less ruimt het op. Zo gaat het al vanaf de lagere school. Wat vrouwen betreft ben ik de schooier en hij de gentleman.'

'Dus Marge had het inderdaad over jou.'

'Heeft Marge het over mij gehad? Waar is ze trouwens? Ze kan me namelijk niet uitstaan. Ik...'

'Luca, jongen. Dat is een tijd geleden!' Die zachte, ietwat krakerige stem komt Luca akelig bekend voor. Vol tegenzin draait hij zich om.

'Mevrouw Mancini. Wat leuk om u weer eens te zien.'

'Insgelijks, jongen, insgelijks. Hoe maken je moeder en je zusters het?'

'Die maken het uitstekend, dank u.' Marge kijkt hem aan alsof ze de zaak niet helemaal vertrouwt.

'En wat brengt jou vandaag onze kant op?'

'We hebben van de week de auto van Olivia gerepareerd en ik wilde eigenlijk weten of ze nog problemen ondervindt.'

'Zie je nou, Olivia, dat is het soort service dat bedrijven op dit eiland leveren. Nou, ik zal jullie niet langer ophouden. De groeten aan je moeder, Luca.'

'Dat zal ik doen, mevrouw Mancini. Het was leuk u weer eens gesproken te hebben.' Marge keert zich om en begeeft zich langzaam naar de ingang. Luca kijkt haar na en wacht totdat ze naar binnen is gelopen voordat hij weer iets zegt.

'Hoe kun jij, een grote vent, nou bang worden van zo'n klein en fragiel vrouwtje?' lacht Olivia smakelijk.

'Ze kan me niet luchten. Heeft ze trouwens nooit gedaan. Misschien is dat omdat ik hier een keer wat plantjes uit de grond heb getrokken. Of omdat ik toen met wat vrienden de helft van de citroenen uit de tuin heb geplukt.' Luca kijkt bedenkelijk.

'Dat zou best de reden kunnen zijn waarom ze niet echt een hoge pet van je op heeft, Luca,' zegt Olivia lachend. Nu hij terugdenkt aan alle kattenkwaad uit zijn jeugd op het landgoed van de Mancini's, moet hij toegeven dat hij de Mancini's de nodige ergernis heeft bezorgd.

'Dat weet ik wel zeker,' zegt Luca nu ook lachend.

'Maar om terug te komen op Alessandro.'

'Hij heeft het de laatste jaren zwaar gehad waar het relaties betreft. De vrouwen die in hem geïnteresseerd waren bleken achteraf vaak aasgieren, gebrand op het vergaren van fortuin en naamsbekendheid. Het ging hen nooit om Alessandro. Hij heeft toen besloten om alleen met vrouwen van buiten Capri af te spreken. Capri is een klein eiland, iedereen kent iedereen hier. Tijdens eerste ontmoetingen vertelt hij weinig over zichzelf en al helemaal niets over Bellini Yachts. Zijn dure auto vervangt hij door de mijne. Alles wat maar iets van zijn fortuin prijsgeeft wordt weggelaten. Volgens hem worden de gesprekken zo veel oprechter, waardoor je direct weet of er een klik is of niet.'

'Ik besef nu pas dat geld dus ook echt ongelukkig kan maken.'

'Alessandro zegt niet voor niets dat een gefortuneerd man een eenzame kerel is. Volgens mij heeft hij nog gelijk ook.' Luca en Olivia praten nog een tijdje door voordat ze afscheid van elkaar nemen.

23

Het is tien voor zes in de ochtend en Olivia wordt wakker van het getik van de vele regendruppels tegen de glazen deuren van de veranda. Ze hadden voorspeld dat het vandaag iets minder mooi weer zou zijn. De weergoden houden zich zo te zien aan die belofte. Olivia slaat de verandadeuren open en ademt de frisse en kille lucht in. *Zelfs een regenachtige dag is hier adembenemend.* Olivia is, hoe gek het ook klinkt, een regenmens. Ze kan een regen- en onweersbui zeer waarderen. Dit natuurgeweld brengt een soort van verplichte rust met zich mee. Ze loopt naar de badkamer, poetst haar tanden en borstelt haar haren. Vandaag heeft ze geen behoefte aan make-up. Ze slaat haar badjas om en gaat in de ontbijtzaal op zoek naar Juan.

'Miss Olivia, goedemorgen.'

'Goedemorgen, Juan. Wat een heerlijk weer!'

'De regen en die storm?'

'Heerlijk. Ik kan er geen genoeg van krijgen.'

'Ik vrees dat er weinigen zijn die uw passie voor onheilspellend weer delen.'

'Er zijn inderdaad weinig regenaanbidders,' antwoordt Olivia bedenkelijk. Juan is al druk aan de slag met haar cappuccino. Vandaag doet hij er twee heerlijke cannoli bij.

'Juan, wat een traktatie. Nu hoef ik vandaag echt mijn kamer niet meer uit.'

'Dat het u mag smaken, Miss Olivia.' Ze buigt naar Juan en trakteert hem op een brede glimlach.

Terug op haar kamer maakt de storm het onmogelijk om op de veranda van haar cappuccino en haar cannoli te genieten. Ze neemt daarom plaats op de sofa die uitzicht biedt op de Golf van Napels. Ze sluit haar ogen en luistert naar het getik van de regendruppels en de storm die over de golven raast. Olivia had zich voorgenomen vandaag eens de toerist uit te hangen om zo haar emoties, verlangens en op hol geslagen hart een rustdag te gunnen. En de mannen in haar leven, zowel die van het verleden als die ene van het heden, voor een dag te vergeten. Door de aanhoudende storm kan ze een bezoek aan het centrum van Capri vandaag wel vergeten. Toch heeft ze stille hoop dat het later op de dag zal opklaren, want er is nog zoveel te beleven op Capri.

Op het vliegveld van Napels en in de haven had Olivia ansichtkaarten gekocht. Dat is iets dat ze altijd doet wanneer ze in het buitenland is. Ze haalt de stapel kaarten uit haar trolley en neemt plaats aan de schrijftafel. Ze gaat door de stapel en bekijkt de prenten. Er zitten ook enkele kunstwerken tussen. Het zijn er twaalf in totaal. Ze haalt er eentje uit waarop zich tientallen regendruppels op de groene bladeren van een palmboom hebben verzameld. Ook die foto is genomen op een donkere en druilerige dag. Ze haalt haar vulpen uit haar handtas en begint te schrijven.

Lieve Liv,

Vandaag is, net als alle voorgaande dagen, een fantastische dag op Capri. Er waait een frisse wind over het eiland. Hopelijk voert ze het negatieve af en overspoelt ze het eiland met nieuwe en opbeurende gebeurtenissen. De storm, de regen, het gebulder van de onweersklanken en zo nu en dan een lichtflits boven de Golf van Napels zorgen vandaag voor de nodige rust. Rust op het eiland, maar ook in mijn hoofd. Dat er nog meer van dit soort dagen mogen volgen.

XX LIV XX

Ze stopt de kaart weg tussen haar reisdagboek. Op de vraag opsturen of inplakken heeft ze nu nog geen antwoord. Meestal begint ze op de dag van aankomst al met schrijven en versturen. Evenals met het inplakken in haar reisdagboek. Dit keer heeft ze echter verzuimd omdat ze te veel met haar hoofd in de wolken zat. Ze probeert altijd evenveel kaarten op te sturen als in te plakken. Wanneer ze dan weer thuis is, voelt het alsof ze de reis nogmaals beleeft. De prentkaarten zijn kleine notities aan zichzelf hoe ze iedere dag heeft beleefd, welke bijzondere mensen ze heeft ontmoet, wat voor bijzonders ze heeft meegemaakt of in welke stemming zij of haar omgeving verkeerde. In haar reisdagboek plakt ze naast prentkaarten vaak routekaarten, toegangsbewijzen van musea of concerten, visitekaartjes van bijzondere restaurants, flyers van clubs, aantekeningen over haar bevindingen van haar hotels, de bediening en de catering. Ze heeft nog veel schrijfwerk in te halen. Maar eerst een heerlijk bad.

Alessandro loopt van de parkeerplaats richting kantoor. Hij heeft aardig wat dagen verzuimd, waardoor er nu behoorlijk wat achterstallig werk ligt. Dat neemt hij maar voor lief.

'Buongiorno,' zegt hij terwijl hij de kantoortuin binnenloopt.

'Morgen,' klinkt het vanuit de kantoortuin. Hij loopt snel zijn kantoor in, op de voet gevolgd door Luisa.

'Hier, ik heb koffie voor je.'

'Waar heb ik dat aan verdiend?' vraagt hij verbaasd.

'Hoezo? Ik haal toch wel vaker koffie voor je?'

'Ja, maar met dit kopje heb ik het idee dat er meer achter zit.'

'Niets van dat alles. Het wordt een drukke dag. Er liggen nu twee stapels achterstallige dossiers op je bureau. Dus ik dacht: hoe eerder je aan de slag kunt, hoe beter. Vandaar die koffie.'

'Dus geen vragen?'

'Vragen over...?' Luisa kijkt hem afwachtend aan.

'Nee, prima. Je hebt helemaal gelijk. Het wordt aanpoten.' Alessandro kijkt naar de stapels op zijn bureau en zucht.

'Zeker, dus aan de slag,' zegt Luisa streng terwijl ze richting de deur loopt.

'Ja, baas,' antwoordt hij plagerig. 'Luisa, ik schakel mijn mobiel over naar de vaste lijn.'

'Prima. Als er dringende familiezaken zijn dan verbind ik ze door.' Alessandro knikt bevestigend. Hij zet snel zijn computer aan en haalt het eerste dossier van de stapel.

Hij werpt nogmaals een blik op zijn overvolle bureau en verbaast zich over de hoeveelheid werk die er ligt. Vandaag is geen dag voor een bezoek aan de garage of dobberen op zee. Hij moet serieus aan de bak. Een van de zaken die zeker aandacht verdient is het inhuren van een nieuwe interieurspecialist of interieurarchitect voor de nieuwe cruiser. Alessandro is er zeker van dat Olivia niets meer met Bellini Yachts te maken wil hebben. Hij zal daarom, hoe spijtig ook, voor vervanging moeten zorgen. Het ging bij de keuze voor Olivia's bedrijf om haar expertise en exceptionele ideeën wat betreft stoffenkeuze, aankleding en meubilair voor de nieuwe lijn. De vraag of er een interieurspecialist beschikbaar is die maar in de buurt komt van haar vakbekwaamheid valt te bezien. Hij klikt zijn agenda open en plant een afspraak in met Emilio voor later die middag om een nieuw plan de campagne op te stellen.

De ochtend benut hij om enkele klanten terug te bellen. Het zijn er zeven in totaal. Enkelen zijn gevestigd op Capri, enkelen op het vasteland en een paar bevinden zich overzee. Zo nu en dan wordt hem verse koffie gebracht door Luisa of Rafaella omdat hij zijn kantoor niet uitkomt, zelfs niet om koffie te halen. Rond een uur of twee loopt Luisa zijn kantoor binnen.

'Je kunt het ook overdrijven, Alessandro.' Hij kijkt op. Zijn colbert heeft hij op een fauteuil in de hoek van zijn kantoor gesmeten. Zijn das hangt los om zijn hals. Op de linkerhoek van zijn bureau heeft hij een stapel van zeven of acht dossiers.

'Dit,' hij wijst trots naar de stapel, 'heb ik allemaal al afgehandeld, dame.'

'Echt? Je weet dus toch wat hard werken is!'

'Grappig, maar als je weer jouw werk gaat doen, dan kan ik weer door met het wegwerken van mijn achterstand.'

'Nee, dat gaat niet gebeuren.' Hij kijkt haar vragend aan. 'Je moet toch ook een keer lunchen, Alessandro. Of doe je vandaag niet aan verzorging van de innerlijke mens?'

'Hoe laat is het?' Alessandro werpt een blik op zijn horloge en kan niet geloven dat de ochtend zo snel voorbij is gevlogen. Het is inmiddels iets over tweeën.

'Moet ik iets voor je halen?' vraagt Luisa.

'Nee, het is misschien goed om even mijn benen te strekken en wat frisse lucht op te snuiven.'

'Je hebt toch wel gemerkt dat het buiten behoorlijk bizar weer is?' Hij kan een goede regenbui bijzonder waarderen. Alsof alles wordt schoongewassen.

'Een paar druppels kan ik wel hebben.' Hij schikt zijn das weer zoals het hoort en trekt zijn colbert aan.

'Wel terugkomen!' schreeuwt Luisa hem na wanneer hij de deur uitloopt. Hij zwaait en houdt een duim omhoog.

Hij weet dat hij het vandaag absoluut niet kan maken om weg te blijven. De werkzaamheden die er liggen vragen stuk voor stuk om directe actie. Stukken laten liggen zou de uitvoering van diverse orders in gevaar kunnen brengen. Verder zou het een stagnatie in de levering van nieuwe materialen kunnen betekenen. Dat moet Alessandro zien te voorkomen. Het regent iets harder dan hij had verwacht. Gelukkig heeft Luisa hem, ondanks wat tegensputteren, toch een paraplu meegegeven. Hij loopt richting de dichtstbijzijnde lunchroom en bestelt een broodje pittige garnalen. Net wanneer hij terug wil lopen richting kantoor ontstaat er een wolkbreuk. Hij verschanst zich aan een tafel in de lunchroom en besluit ter plekke van zijn broodje te genieten. Al snel loopt de lunchroom vol met mannen die een schuilplaats zoeken om zich droog te houden. Alessandro kent de meeste van ze en al snel wordt het een gezamenlijke lunch met allerlei collega's uit de haven.

24

De lunch van Villa Excellence wordt vandaag in de ontbijtzaal geserveerd. De aanhoudende regen maakt het onmogelijk om het buitenterras te gebruiken. Olivia zit aan een tafel met een pasgetrouwd Amerikaans stel dat het erg lastig vindt om van elkaar af te blijven. Ook de complimenten vloeien rijkelijk over en weer.

'Jij bent ook zo knap, schat.'

'Nee, jij bent knapper. Vindt u ook niet dat mijn vrouw knap is?' vraagt de iets kalende man die klaarblijkelijk langer in de zon heeft gelegen dan goed voor hem is.

'Ja, uw vrouw is beeldschoon,' antwoordt Olivia zo overtuigend mogelijk. Zijn vrouw, eveneens onnatuurlijk gebruind en volgespoten met botox, bedankt Olivia hartelijk voor het compliment.

'Maar jij bent slimmer.'

En daar gaan we weer!

'Echt? Maar jij bent afgestudeerd aan Harvard.'

'Ja, maar jij aan Princeton.'

Mensen, alsjeblieft! Ik ga hier over mijn nek! Zin in haar lunch heeft Olivia niet meer. Ze staat op het punt te vertrekken, wanneer Marge in de deuropening verschijnt. Bij het zien van Olivia's lege bord staat Marge erop om samen het buffet af te lopen. Ze is ervan overtuigd dat er vast iets is dat Olivia lekker vindt. Eenmaal buiten gehoorafstand van de Amerikanen biecht Olivia op waarom ze geen hap door haar keel kreeg.

'Het heeft echt niets te maken met het assortiment, hoor. Het buffet is rijkelijk gevuld en er zit genoeg tussen dat ik lekker vind.'

'Kind, kom maar bij mij aan tafel zitten,' zegt Marge op moederlijke toon. Olivia vindt het fijn dat Marge zich als een moederfiguur over haar ontfermt, zeker nu ze het emotioneel zwaar heeft. Marge vertelt iets meer over de aanwezige gasten. Ze weet over iedereen wel iets bijzonders of bizars te vertellen. Sommige dingen zou ze waarschijnlijk helemaal niet mogen weten. Een van de dingen is dat meneer Jones, wat een toepasselijke naam is als hij echt zo heet, minstens één keer per jaar Villa Excellence bezoekt met altijd een andere mevrouw Jones. Marge kent de echte mevrouw Jones namelijk goed. Meneer Jones en de echte mevrouw Jones hebben jaren geleden in Villa Excellence hun huwelijk laten voltrekken. Maar de geheimen van een gast, zijn de geheimen van een gast. Niets wat in de villa gebeurt glipt de voordeur uit. Zelfs niet het kleinste nieuwtje dat onbelangrijk lijkt. Meneer Jones weet dat zijn geheim veilig is bij Marge, aangezien geheimhouding in hotels een ongeschreven regel is. Zeker bij hotels die een bepaalde klasse en allure hebben en er ook bekend om staan, zoals Villa Excellence. Door alle verhalen van Marge, de een nog spectaculairder dan de ander, geniet Olivia toch nog van een heerlijke lunch.

Ze neemt nog een cappuccino en wat gebak mee naar haar kamer. Ze heeft nogal wat schrijfwerk liggen.

Terug op haar kamer gooit ze snel weer de verandadeuren open. Het is droog buiten. Olivia kan de verleiding niet weerstaan en loopt de veranda op. De lucht voelt best fris aan. Er staat nog een aardige wind op. De natte tegels van de verandavloer zijn een overblijfsel van de inmiddels overgewaaide bui. Net als de duizenden regendruppels die bezit hebben genomen van de gietijzeren tafel en stoelen waaraan Olivia al een paar keer van een heerlijk ontbijt heeft mogen genieten. De gitzwarte wolken boven het water kondigen de volgende onweersbui alweer aan.

'Nog heel even,' smeekt Olivia terwijl ze haar armen om zich heen slaat en haar ogen sluit. Langzaam landen enkele regendruppels op haar hoofd. Al snel volgen er steeds meer. Binnen minder dan een minuut zijn haar goudbruine haarlokken doorweekt. Olivia weet dat het tijd is om naar binnen te gaan. De donkere horizon wordt opgelicht door enkele zware en felle bliksemschichten. Olivia rent lachend naar binnen, pakt een handdoek en wrijft haar lokken en gezicht droog. Daarna is het tijd voor koffie en gebak.

Ze neemt plaats op de sofa, opent haar laptop en neemt de ingekomen e-mails door. Enkele berichten kan ze direct beantwoorden. Voor een aantal moet ze wat extra acties uitzetten. Olivia maakt een bellijst met namen van klanten die prangende vragen hebben. Iets later op de dag zal ze contact met deze klanten opnemen. Na het doornemen van haar noodzakelijke administratie neemt ze weer plaats aan de schrijftafel en opent haar reisdagboek. Uit een map haalt ze diverse documenten en losse papieren. Bovenaan een nieuwe pagina noteert ze: maandag 10 juni. Ze loopt de documenten en de losse velletjes papier na. De hoeveelheid verzamelde informatie valt Olivia best tegen. Veel om in te plakken heeft ze nog niet. Dat is eigenlijk niet zo gek. Ze heeft sinds haar komst nog amper wat van het eiland gezien. Als eerste bekijkt ze het veerbootkaartje van SNAV. Die plakt ze in. Ze noteert er in sierlijke letters naast:

De overtocht van Beverello naar Capri. Vanaf de boot een prachtig uitzicht, blauwe lucht en windvlagen gevuld met bloemengeuren. 45 minuten puur genot en het gevoel van vrijheid. Wel wordt mijn geduld op de proef gesteld, want ik wil aan land! Ik wil Capri ontmoeten.

Het volgende item is het visitekaartje van Luca's Garage. Ook deze vindt ze de moeite van het inplakken waard. Ernaast de notitie:

Twintig minuten na arriveren al autopech. Al eerder dan verwacht zat ik met mijn hoofd in de wolken, maar wel in de rookwolken. Al snel verscheen Luca's sleepwagen. Mijn redder in nood was een dokter in een zwarte overall. Zijn naam toen: Luca die geen Luca is.

De gedachte aan de hele situatie, vanaf het moment van autopech tot aan de ontmoeting met de directeur van Bellini Yachts, maakt dat ze moet glimlachen. Ook het visitekaartje van het autoverhuurbedrijf krijgt een plekje op de eerste bladzijde. Verder plakt ze de welkomstkaart in die ze bij aankomst op haar schrijftafel vond. In de verte hoort ze de klanken van *So Amazing*. Het komt uit de richting van haar bed. Ergens onder het laken of tussen de kussens vandaan. Uiteindelijk vindt ze haar mobiel tussen twee van de kussens. Op haar display verschijnt een onbekend mobiel nummer. Aangezien ze frequent door onbekenden wordt gebeld voor een offerteaanvraag of andere informatie, beantwoordt ze ook nu gewoon de oproep.

'Exclusive Interiors met Olivia Martin.' Er volgt geen respons, alleen een doodse stilte aan de andere kant van de lijn. Of hoort ze toch iets? Olivia spitst haar oren. Het lijkt alsof er iemand aan het snikken is aan de andere kant van de lijn. 'Hallo, u spreekt met Olivia. Waarmee kan ik u van dienst zijn?' Ze probeert het nogmaals. Het snikken wordt heviger.

'Olivia, ik heb je hulp nodig.' Olivia heeft een paar tellen nodig om te schakelen. Die stem komt haar enigszins bekend voor, maar ze kan het gezicht dat erbij hoort niet voor de geest halen. Ze besluit het daarom maar gewoon te vragen.

'Met wie spreek ik?'

'Met Trudy.'

Trudy?! Peter's Trudy? Wat moet die in hemelsnaam van mij? Eerlijk gezegd heeft Olivia geen behoefte aan vriendinnenpraat met Trudy. Olivia heeft genoeg aan haar eigen problemen. Die van Trudy kan ze er nu niet bij hebben. Jammer genoeg klinkt Trudy zeer overstuur. Olivia besluit haar daarom toch te woord te staan. Maar het liefst verbreekt ze zo snel als maar kan de verbinding.

'Wat kan ik voor je doen, Trudy?'

'Het is Peter.'

'Met Peter kan ik je echt niet helpen. Voor mij is hij een afgesloten hoofdstuk en dat wil ik vooral zo houden.'

'Ik ben zwanger en hij wil het kindje niet.' *Oh mijn God, ook dat nog!* Olivia weet zich totaal geen houding. Aan de ene kant wil ze Trudy het liefst vertellen dat ze het maar zelf moet uitzoeken. Maar zo hard kan ze niet zijn. Iedere aanstaande moeder zou moeten huilen van blijdschap en niet van verdriet. Dit verdient niemand, zelfs Trudy niet. Dus probeert Olivia, zo goed en zo kwaad als maar kan, de rust in haar lijf en haar hoofd terug te vinden om toch iets tegen Trudy te zeggen dat haar enigszins zal kalmeren.

'In die tijd dat ik met Peter ging heeft hij me vanaf het begin duidelijk gemaakt dat hij geen kinderen wilde. Althans, niet op dat moment. Hij vond zichzelf nog te jong.'

'Dat heeft hij ook tegen mij gezegd. Carrière maken is wat hij nu het allerbelangrijkste vindt.'

'Ja, dat klinkt inderdaad als iets dat Peter zou zeggen. Zelfs als er een nieuw, mooi leven tegenover staat.' Trudy snuit haar neus, terwijl ze nog steeds lichtjes snikt. 'Ik ben de laatste die je hierin kan adviseren. Dit is zo persoonlijk. Het is aan jou. Als je het aan Peter overlaat dan weet je wat hij het liefst zou willen.'

'*Weet je wel hoeveel tijd een kind kost, Trudy?* roept hij al dagen tegen me.'

'Voor hem is alle tijd die hij niet aan zijn business kan besteden onoverkomelijk.'

'Sorry Olivia, dat ik je hiermee lastigval. Maar ik weet me geen raad. En jij kent Peter's karakter als geen ander.'

'En ik kan je zeggen dat hij zijn carrière voor nu boven jullie kindje gaat verkiezen.' Trudy begint luider te snikken. 'Het is aan jou, Trudy. Jij moet bepalen of je jouw kindje verkiest boven zo'n koude kikker als Peter of andersom. Ik kan je op een briefje geven dat Peter nooit aan kinderen zal beginnen, nu niet maar ook niet in de verre toekomst. Het gen om iets anders dan zijn bedrijf lief te hebben ontbreekt bij hem. Hij is daarom niet in staat om lief te hebben. Hij geeft veel en interpreteert dat als liefde. Maar dat is niet hetzelfde als een deel van jezelf geven.'

'Ik heb hem nu alweer twee keer een kans gegeven. En iedere keer denk ik weer dat het anders zal zijn, dat hij veranderd is. Ik geef hem dan toch weer het voordeel van de twijfel.'

'Trudy, een kind is een prachtig geschenk. Of dit kind ooit het levenslicht zal zien is aan jou. Dat kan deze kleine niet zelf bepalen. Dus denk goed na wat je bereid bent op te geven voor zo'n klootzak als Peter, die het in alle opzichten totaal niet waard is.' Trudy is eindelijk gestopt met snikken. Ze bedankt Olivia voor het luisteren. Olivia drukt haar op het hart binnenkort weer een keer van zich te laten horen, omdat ze benieuwd is naar haar uiteindelijke keuze. Ze vertrouwt erop dat Trudy uiteindelijk de juiste beslissing zal nemen. De toestand waarin Trudy verkeert duizelt Olivia. Ze heeft gedaan wat in haar vermogen lag om Trudy van informatie te voorzien en ze heeft verteld hoe ze over Peter denkt. Wat Trudy uiteindelijk besluit te doen is aan haar. Zij heeft de macht om beslissingen te nemen die haar toekomst, maar ook die van Peter en de baby, zullen bepalen.

Olivia gaat op zoek naar de nodige verkoeling om de gedachten die door haar hoofd gieren een halt toe te roepen. Ondanks de harde regen loopt ze de veranda weer op. Ze stapt in een gordijn van regendruppels, groot en klein. Het voelt alsof ze onder een waterval staat nu het steeds harder gaat regenen. Ook de wind wordt iets agressiever en schudt hevig aan de glazen deuren van de veranda, waardoor ze als bezeten door een boze macht tegen de gevel beginnen te klapperen.

'Oh, heerlijk!' Net als de vele regendruppels glijden de woorden van Trudy langzaam van haar lichaam richting de betegelde vloer van de veranda. Ze tuurt over de Golf van Napels waar amper nog iets te zien valt aangezien het al aardig donker is boven het water. Opeens beseft ze dat ze best trek heeft. Hoog tijd om bij het diner aan te schuiven. Ze zal toch echt eerst haar natte jurk moeten verruilen voor een droog exemplaar. Terwijl ze haar natte kleren uittrekt en zich afdroogt beseft ze dat ze Peter meer dan dankbaar is. Dankbaar voor het feit dat hij haar heeft behoed voor een ongelukkig leven.

25

Aan het eind van de dag kijkt Alessandro tevreden naar zijn praktisch lege bureau. Op één dossier na heeft hij alles uitgewerkt en uitgezocht. Morgen heeft hij genoeg tijd om dat laatste dossier, het inhuren van een nieuwe interieurarchitect, uit te pluizen. Vandaag is het Emilio en hem niet gelukt om een nieuw bureau te vinden dat voldoet aan de kwaliteitseisen van Bellini Yachts. Morgen hebben ze een paar uur ingepland om de portfolio's van enkele bureaus nader te bestuderen. De rest van het team is inmiddels naar huis. Ook voor hem is het tijd om er een punt achter te zetten. Hij sluit alles af en activeert het alarm.

In de haven is het iets minder druk dan normaal. Het slechte weer weerhoudt de meeste mensen ervan om richting de haven te komen. Onderweg naar de auto belt hij Marina om te horen wat ze vandaag gekookt heeft. Ze heeft lasagne en pastaschelpen gevuld met gehakt, spinazie en ricotta gemaakt. Ze belooft twee pakketjes voor hem te maken zodat hij ook voor morgen iets te eten heeft. De vermoeidheid slaat enigszins toe en hij kan het frequente gapen niet onderdrukken. De afgelopen dagen zijn hectisch en moeizaam geweest. Het waren mentaal best bijzondere dagen, waardoor hij minder goed geslapen heeft dan normaal. Het heeft de nodige energie van hem geëist.

Bij Marina aangekomen houdt hij het dan ook kort. De vermoeidheid is waarschijnlijk van zijn gezicht af te lezen, want Marina vindt het best dat hij meteen weer vertrekt. Hij waardeert het dat ze niet over die hele toestand met Olivia begint. Ook vraagt ze niet naar de stand van zaken. Gelukkig maar, want voor het geven van tekst en uitleg is hij nu veel te moe. En wat is de stand nu eigenlijk? Hij heeft niets meer van haar vernomen en bevindt zich nog steeds in de wachtstand.

Wanneer hij thuis aankomt is hij enigszins verbaasd dat er licht brandt in de hal en in de woonkamer. De parfum die in de lucht hangt komt hem akelig bekend voor. Dit is niet waar hij vanavond behoefte aan heeft. Hij loopt de woonkamer binnen en zijn vermoedens worden bevestigd.

'Ik zie dat je mijn huissleutel toch nog hebt weten te traceren.'

'Geen hallo?' Op de salontafel staat een open fles wijn, met daarnaast twee gevulde glazen. De helft van de inhoud van de fles is verbruikt. Alessandro gaat er daarom van uit dat ze al enige tijd in zijn woonkamer zit.

'Nee, dat station zijn we allang gepasseerd.'

'Lust je ook een wijntje?' Ze staat op van de bank en loopt licht wankelend in zijn richting. Haar korte jeansrok, doorschijnende top en extreem hoge hakken moeten voor de nodige verleiding zorgen. Maar dat werkt niet, niet meer althans. Ze komt voor hem staan en de alcohollucht die ze uitademt geeft aan dat ze aardig wat gedronken heeft.

'Nee, dank je. Wat ik wil is weten wat jij hier doet, Julia.'

'Is het niet duidelijk?'

'Nee, niet echt. Volgens mij zijn we al een jaar uit elkaar.'

'Ik mis je, Alesso. Mis jij mij niet?' Ze steekt een hand uit naar zijn gezicht, maar hij doet een stap naar achteren.

'Niet echt, nee.'

'Waarom heb je dan nog geen andere vriendin? Ik zie nergens in jouw huis een teken dat er hier een vrouw over de vloer komt.'

'Heb je rond lopen snuffelen in mijn huis?' Ze geeft geen antwoord en dat zegt hem genoeg. *De brutaliteit!*

'Wees eerlijk, Alesso. Je weet dat je me mist.'

'Ik geef de voorkeur aan rust in mijn leven. Jij bent als een wervelwind die alles vernietigt wat het tegenkomt. Aan dat soort natuurgeweld heb ik absoluut geen behoefte.'

'Heb ik jou soms iets aangedaan?'

'Dat was wel je intentie, als ik me niet vergis. Gelukkig zijn je plannen niet gelukt. Ik laat niet vernietigen waar mijn familie zo hard voor gewerkt heeft. Maar zou je nu willen vertrekken?'

'Is dat echt wat je wilt?' Alessandro kijkt haar aan zonder haar vraag te beantwoorden. Zijn blik zegt genoeg. 'Mag ik misschien eerst een beetje water?' Hij keert zich om en loopt richting de keuken terwijl hij zijn mobiel tevoorschijn haalt. Hij toetst een aantal cijfers in en spreekt zacht.

'Lando, ik heb een ritje nodig vanaf mijn huis. Tien minuten? Dank je.' Met een fles bronwater loopt hij terug naar de woonkamer. Alleen is Julia nergens te bekennen. Deze avond wordt met de minuut extremer.

'Julia?' Ze geeft geen antwoord. Hij loopt naar zijn slaapkamer en vindt haar languit op zijn bed. Of ze slaapt of doet alsof ze slaapt is hem niet duidelijk. Ze reageert in ieder geval niet op zijn stem. 'Ook dit nog!' Hij loopt terug naar de woonkamer. Op de tafel heeft Julia naast haar handtas een bos met sleutels neergelegd. Hij haalt zijn huissleutel van de sleutelbos en stopt de overige sleutels in haar tas. Buiten hoort hij getoeter.

'Lando!' In de stromende regen loopt hij de voordeur uit. Bij de taxi aangekomen wisselt hij wat gegevens uit met de taxichauffeur. Terug in zijn slaapkamer tilt hij Julia van het bed en legt haar over zijn schouder. Hij klemt haar tas onder zijn arm en loopt richting de taxi. Hij plaatst Julia met enige moeite op de achterbank. Haar handtas hangt hij om haar nek. Hij betaalt Lando en bedankt hem voor de snelle service.

Ondanks dat hij zijn huissleutel terug heeft vertrouwt hij de situatie niet. Alessandro gelooft heilig dat Julia thuis nog enkele kopietjes heeft liggen. Hij neemt het zekere voor het onzekere en belt daarom een slotenmaker om meteen het slot te komen vervangen. Wat hem vanavond is overkomen wil hij in de toekomst voorkomen. Hij heeft geen behoefte aan exen die zijn huis onaangekondigd betreden. De slotenmaker had aangegeven er over ongeveer drie kwartier te zijn.

Hij loopt naar de badkamer, trekt zijn natte kleren uit en stapt onder de douche. Na zijn douche warmt hij de schaal met de pastaschelpen van Marina op en eet er een paar happen van. Kort daarna arriveert de slotenmaker. Terwijl de slotenmaker het slot vervangt probeert Alessandro te achterhalen wat hij ooit in Julia heeft gezien.

26

Het was ongeveer twee jaar geleden. Hij was samen met Luca een borreltje doen na een hectische werkdag in de garage. Ze zaten aan hun eerste biertje toen een groep dames de bar binnenliepen. Een van de dames had een soort sluier op haar hoofd. Een ander had een roze sjerp om met daarop de tekst *Maid of Honor*. De overige dames, vijf in totaal, hadden allen een sjerp om met daarop de tekst *I'm a Bridesmaid*. Ze waren duidelijk in een feeststemming en daarom zeer luidruchtig. Het waren het soort vrouwen waarop Luca valt. Al snel had hij contact met een van de dames van het groepje. Gelukkig niet diegene met de sluier. Daar was Luca namelijk niet vies van. Maar hij bleef die avond netjes uit de buurt van de bruid. Hij had een roodharige uitgekozen uit het groepje van de bruidsmeisjes.

Alessandro werd geacht de Maid of Honor gezelschap te houden, een taak waar hij op dat moment zeer weinig voor voelde. Om Luca een plezier te doen vervulde hij de opgedrongen taak zo goed als maar kon. Ze raakten in gesprek en Alessandro moest toegeven dat de dame in kwestie tijdens hun gesprek steeds interessanter werd. In ieder geval interessanter dan in zijn eerdere aannames. Aannames gebaseerd op haar kleding. Korte rok, netpanty, korte blouse, laag decolleté. Een soort *Like a Virgin*-look van *Madonna*, maar dan met lange zwarte haren. Achteraf realiseerde Alessandro zich dat haar kleding onderdeel uitmaakte van hun dresscode. Ze hadden namelijk allemaal, op de bruid na, dezelfde outfit aan.

Haar naam was Julia. Alessandro schatte haar begin dertig. Ze had rechten gestudeerd en werkte als advocate bij een groot advocatenkantoor in Napels. Ze kwam uit een goede familie, niet zeer welgesteld maar beslist geen modale klasse. Julia was ambassadrice van een dierenorganisatie in Rome die zich inzet voor het behoud van bedreigde diersoorten. Toen Alessandro iets over zichzelf wilde vertellen gaf Julia te kennen dat het niet nodig was. Ze had hem namelijk al herkend van alle nieuwsberichten en krantenartikelen over business en economie. Ze wist toen al veel meer over hem dan Alessandro over haar te horen had gekregen. Aan het eind van de avond besloten ze contact te houden en wisselden telefoonnummers uit. Al gauw gingen ze op een eerste echte date, waarna er snel een tweede en een derde volgde.

Na drie maanden van afspreken, diners en familiebezoeken besloten ze samen te gaan wonen. Valentina, Arianna, Bella en zijn moeder hadden een goed gevoel bij Julia. Marina en Nonna waren niet zo van haar gecharmeerd en wisten dat er meer was dan deze Julia prijsgaf. Toch kreeg ze van Alessandro op een dag de huissleutels en verhuisde ze haar spullen in de week die volgde naar haar nieuwe onderkomen. Van Alessandro kreeg ze de code van het alarm. Ook kreeg ze een bankpas van zijn privérekening en de code daarvan. De eerste maanden verliepen boven verwachting. Ze waren een gelukkig en verliefd stel.

Na een tijdje viel het Alessandro op dat Julia nooit fysieke post kreeg. Dat ze geen post kreeg kon Alessandro weerleggen met het argument dat onze wereld zich steeds meer digitaliseerde. Ook zijn post werd voor het overgrote deel digitaal geleverd. Toch kreeg hij zo nu en dan fysieke post. Maar Julia niet. Ook bestelde ze vaak artikelen online, maar er werd niets aan huis geleverd.

Op dagen dat Julia beweerde in de rechtbank te zijn, kreeg hij steeds vaker dan hem lief was van één van zijn zussen of van Luca te horen dat ze Julia in het centrum of op een andere plek op het eiland hadden gezien. Alessandro besloot toen te wachten alvorens Julia met zijn bedenkingen en vragen te confronteren.

Na ongeveer zeven maanden begon Alessandro zich steeds vaker duizelig te voelen. Hij ging naar de huisarts, maar die kon geen verklaring geven voor zijn symptomen. Zijn bloeddruk was goed, evenals zijn hartslag en zijn bloedsuiker. De maanden daarop nam de duizeligheid toe, evenals de misselijkheid en het overgeven. De huisarts dacht aan een bacterie of een virus en verzocht hem urine en ontlasting op te sturen naar het lab. De uitslag zou na een week of twee telefonisch met hem worden besproken.

De daaropvolgende week kreeg Alessandro een telefoontje van zijn financieel adviseur bij de bank. Die vroeg of Alessandro tijd had om langs te komen. Hij wilde graag het een en ander onder vier ogen met hem bespreken. Alessandro had toen nog geen idee waar het over ging, maar bracht diezelfde middag nog een bezoek aan de bank. Hij en Julia woonden toen ruim zeven maanden samen. Uit zijn bankgegevens bleek dat er maandelijks systematisch een bedrag van 50.000 euro werd overgeschreven van zijn rekening naar het rekeningnummer van Julia. En dat was al zeven maanden gaande. De adviseur wilde weten of Alessandro dat had geautoriseerd. Het duizelde hem dat Julia daartoe in staat was. Hij vroeg zich in eerste instantie af waarvoor ze al dat geld nodig had.

Aan zijn financieel adviseur gaf hij de opdracht om alleen opdrachten te autoriseren die hij aanvroeg. De bankpas van Julia werd ter plekke geblokkeerd. Op weg naar huis bedacht Alessandro hoe hij Julia met zijn nieuwe bevindingen zou confronteren. Maar zijn huis heeft hij die dag niet meer bereikt. Dicht bij huis werd hij onwel en raakte met zijn auto van de weg. Hij kwam met zijn auto tegen een boom en raakte bewusteloos. Al snel schoten er voorbijgangers te hulp en werden de hulpdiensten ingeschakeld. In zijn autopapieren stond in geval van pech Luca's garage vermeld. Luca werd door de politie gebeld en van de situatie op de hoogte gebracht.

Samen met James was Luca snel ter plaatse. Toen ze arriveerden werd Alessandro net in de ambulance geplaatst. Hij was helaas niet aanspreekbaar, wat Luca zeer emotioneel maakte. Luca belde zijn zussen. Aan Marina de taak om het slechte nieuws aan Allegra en Nonna te brengen.

In de uren die daarop volgden vulde de wachtkamer van het ziekenhuis zich met Bellini's en Chiave's. Ook de medewerkers van Bellini Yachts waren ingelicht. Van hen kwamen Luisa en Emilio naar het ziekenhuis. Allegra had iedereen verzocht om Julia niet te informeren. Dit was een familieaangelegenheid en dat wilde Alessandro's moeder ook zo houden. Valentina voorzag iedereen van een rozenkrans zodat iedereen in stilte in gebed kon. Zelf zocht ze samen met Allegra en Nonna de gebedsruimte van het ziekenhuis op.

Na ruim drie uur vol angst in de wachtkamer doorgebracht te hebben kwam voor familie en vrienden het verlossende bericht. Alessandro was er slecht aan toe, maar hij was buiten levensgevaar. Hij was nog niet aanspreekbaar, maar dat zou volgens de arts snel veranderen. De testuitslagen wezen uit dat Alessandro onwel was geworden van het stelselmatig consumeren van voedsel en drank dat vergiftigd was. Zijn lever was daardoor iets aangetast, evenals zijn nieren, zijn maagwand en zijn slokdarm. Door de aanrijding had hij twee gebroken ribben en een hersenschudding opgelopen. De dames Bellini en de dames Chiave keken elkaar bedenkelijk aan. Alessandro at frequent bij ze, althans in het verleden. Maar sinds hij samenwoonde met Julia was dat er niet meer van gekomen. Ook uit eten gaan met Luca was de afgelopen maanden sporadisch gebeurd. Op dat moment riepen alle dames in koor: 'JULIA!' Allemaal waren ze in alle staten. Ze hadden plannen richting het huis van Alessandro te vertrekken en Julia een pak ransel te verkopen. Maar Nonna stak daar een stokje voor.

'Dit is iets dat Alesso zelf op moet lossen met Julia. Hier mogen we niet tussen gaan zitten,' had Nonna gezegd. Het viel iedereen zwaar om niet te handelen, maar ze respecteerden Nonna's besluit.

Toen Alessandro een paar uur later eindelijk aanspreekbaar was werd hij emotioneel van het feit dat hij in het ziekenhuis lag. Het zien van alle familieleden bracht hem tot tranen. De reden van zijn opname maakte hem verdrietig, maar ook woedend. Volgens de arts zou hij geheugenproblemen of concentratieproblemen kunnen ervaren als gevolg van zijn hersenschudding. Dat bleek gelukkig niet het geval, want de woorden van zijn financieel adviseur van eerder die dag kwamen langzaam bovendrijven. Hij vroeg Luca om Julia te bellen en haar te vertellen dat hij in het ziekenhuis lag. Om enig stampij in het ziekenhuis te voorkomen verzocht hij iedereen te vertrekken, behalve Luca en Emilio. De dames verlieten, zij het met enige tegenzin, Alessandro's kamer en het ziekenhuis. Hij beloofde ze voor het slapengaan te bellen.

Na iets minder dan een uur arriveerde een troosteloze en verwarde Julia in het ziekenhuis. In het bijzijn van Emilio en Luca deelde de arts zijn bevindingen met Julia. Ze ging direct in de verdediging. Ze zou Alessandro nooit vergiftigen. Dat ze de afgelopen maanden bij hem thuis de maaltijden had verzorgd was een gegeven. Maar iemand vergiftigen? Daar had ze simpelweg het lef niet voor. Ze was een goed mens. Ze was stellig en bleef vasthouden aan haar onschuld. Toen de arts de kamer had verlaten confronteerde Alessandro haar ook met de overige bevindingen, zoals haar afwezigheid in de rechtbank, haar online bestellingen en de maandelijkse overschrijvingen vanaf zijn bankrekening.

Het was duidelijk dat Alessandro haar met dit alles had overrompeld. Een verklaring op al zijn vragen had ze niet paraat. Dat moment in het ziekenhuis was voor Alessandro de druppel. Hij verzocht Julia om per direct zijn huis te verlaten. Ze sputterde hevig tegen, maar Alessandro was er klaar mee. Niets, maar dan ook niets wat ze op dat moment te zeggen had kon goedmaken dat hij door haar toedoen in het ziekenhuis was beland. Op verzoek van Alessandro werd ze door Luca en Emilio vergezeld. Luca regelde een verhuiswagen.

Thuis bij Alessandro ging alles langzamer dan noodzakelijk was. Julia probeerde haar laatste stappen richting de voordeur zo lang mogelijk uit te stellen. Na ruim twee uur was het moment eindelijk daar. Julia en haar spullen zaten in de verhuiswagen en de deur van

Alessandro's villa werd dichtgetrokken. Het was inmiddels iets na middernacht.

Luca ging terug naar het ziekenhuis. Omdat Alessandro op de intensive care lag had hij afwijkende bezoektijden. Luca gaf hem de laatste stand van zaken door en Alessandro haalde opgelucht adem. Nog geen half uur later lag Alessandro er uitgeput en verdoofd bij. Luca wenste hem ondanks alle pijn een goede nacht.

De daaropvolgende dag was Luca de eerste aan zijn bed om te informeren hoe hij de nacht was doorgekomen. De vrienden vermeden het onderwerp Julia volledig. In de loop van de dag kwam de rest van de familie de patiënt opvrolijken.

Uiteindelijk heeft Alessandro drie weken in het ziekenhuis gelegen. Daarna werd hij, zij het met inachtneming van restricties voor voeding en drank, uit het ziekenhuis ontslagen. Ondanks dat hij voor de daaropvolgende maand gebonden was aan sondevoeding, was Alessandro blij om weer thuis te zijn. Zijn moeder opperde de mogelijkheid om tijdelijk bij hem in te trekken, maar dat vond Alessandro niet nodig. Hij gaf er de voorkeur aan om alleen te zijn. Zo kon hij voor zichzelf de gebeurtenissen van de afgelopen maanden op een rijtje zetten en verwerken. De eerste weken werkte hij voornamelijk vanuit huis. Luisa en Emilio bezochten hem regelmatig en leverden dan de nodige dossiers af.

Vanaf het ongeluk had Luca als een bezetene gewerkt om de Porsche uit de kreukels te krijgen. Alessandro had de foto's van voor de reparatie gezien. Die waren beslist niet fraai. De voorkant lag deels in de kreukels, evenals een deel van de rechterkant. Alessandro was Luca meer dan dankbaar, maar uiteindelijk besloot hij toch de Porsche in te ruilen voor een ander exemplaar. De oude Porsche zou hem telkens weer terugvoeren naar het ongeluk en zijn periode in het ziekenhuis. Achteraf bleek dat hij ontzettend veel geluk had gehad toen hij met zijn auto van de weg was geraakt. Er bevonden zich veel bomen op dat stuk van de weg. Deze hebben voorkomen dat de auto vanaf de rots naar beneden kon storten. De afwezigheid van die bomen had ongetwijfeld het einde van zijn leven betekend.

Na ruim drie maanden had Alessandro zijn oude leven weer terug. Hij kon weer normale voeding verdragen. Zijn nieuwe Porsche was afgeleverd. Het geld dat Julia, zonder goedkeuring van Alessandro, had overgeboekt naar haar rekening moest worden teruggestort. In eerste instantie bleek Julia geheel niet bereid om het geld terug te storten. Uiteindelijk werd in een hoorzitting bepaald dat Julia strafrechtelijk zou worden vervolgd indien terugbetaling van het totale bedrag niet binnen een vooropgesteld termijn was voldaan. Aangezien Julia niet op een gevangenisstraf zat te wachten besloot ze het volledige bedrag terug te storten. Het enige wat hij daarna nog van Julia wilde was zijn huissleutel. Zij beweerde echter dat ze die niet meer had.

Dat was het laatste gesprek dat hij met Julia had gevoerd. De verklaringen met betrekking tot de post en de afwezigheid op haar werk heeft Alessandro niet meer van haar gekregen. Maar dat boeide hem op dat moment totaal niet meer. Julia was een afgesloten hoofdstuk. Niets wat ze op dat moment nog te zeggen had vond hij de moeite waard. Na dat laatste gesprek heeft Alessandro haar nummer geblokkeerd en haar niet meer gesproken.

De volgende dag reed Alessanddro naar de haven. In zijn broekzak de gouden ketting die Julia hem cadeau had gegeven op de dag dat ze bij hem introk. Op het strand van Marina Beach rolde hij de pijpen van zijn jeansbroek iets op. Daarna liep hij een halve meter het water in en tuurde enige tijd over de Golf van Napels. De zon ging langzaam onder. Hij deed een gebedje en gooide daarna de ketting, zo ver als maar kon, het water in. Hij had afgedaan met Julia. En dat is nu iets meer dan een jaar geleden.

Een paar maanden geleden kreeg Alessandro van Bella te horen dat Julia al jaren niet meer in de advocatuur werkzaam was. Ze bleek geroyeerd te zijn nadat aan het licht was gekomen dat ze meerdere testamenten had vervalst. Een nieuwe baan vinden bleek daarna onmogelijk. Op het moment dat ze Alessandro leerde kennen was ze dus werkloos. Omdat ze haar oude luxe levensstijl wilde behouden, had ze haar zinnen gezet op een gefortuneerde partner. Alessandro was voor Julia een geschenk uit de hemel, zo bleek achteraf. Hij heeft het zichzelf maanden kwalijk genomen dat hij gevallen was voor iemand als Julia. Hoe kon het toch dat ze hem al die maanden voor de gek had kunnen houden? Dat liefde blind maakt was voor hem toen wel een waarheid geworden, want blind was hij zeker geweest. Hij had alle vertrouwen in haar als mens en als partner. Dat iemand zo intens slecht kon zijn had Alessandro vooraf nooit kunnen bedenken.

En uit het niets besluit ze hem vandaag weer op te zoeken. Alessandro vraagt zich af waar ze het lef vandaan haalt, na alle ellende die ze heeft aangericht. Na ruim een jaar heeft hij eindelijk zijn huissleutel terug. Nu is hij pas echt klaar met Julia.

27

Na een onrustige nacht ontwaakt Olivia eindelijk om tien uur met een vreselijke hoofdpijn. De dreigende donkere wolken zijn verdreven en hebben plaatsgemaakt voor een blauwe lucht en warme zonnestralen. Het ochtendgloren was aan Olivia voorbijgegaan. Ze bestelt een muntthee bij Juan die kort daarna op haar kamer wordt bezorgd. Ze neemt een paracetamol en een paar slokken van haar muntthee. Daarna kruipt ze weer snel onder de dekens want de rillingen die over haar lijf lopen worden alsmaar heviger. Dit is de eerste keer dat ze het koud heeft op Capri.

Ondanks dat ze zich niet helemaal fit voelt stelt ze in gedachten toch een lijst van activiteiten samen die ze vandaag per se wil oppakken. Op nummer één een bezoek aan *Villa San Michele,* voor de bijzondere inrichting, de prachtige architectuur en de adembenemende tuin. Dan natuurlijk met de stoeltjeslift naar Monte Solaro. Shoppen in de Via Camerelle. Ze had een hele boodschappenlijst voor de Via Camerelle: *Michael Kors, Prada, Balenciaga* en *Chloë,* om er een paar te noemen.

Olivia en Joan kunnen best wat nieuwe tassen gebruiken. Daarna pizza eten bij Luigi, cocktails drinken op de Piazza Umberto I en eindigen met ijs van La Gelateria Celeste totdat ze er buikpijn van zou krijgen. Het was een hele lijst, maar volgens Olivia goed te doen in één dag.

Na het voltooien van haar fictieve lijst doezelt ze weer langzaam in. Wanneer er op haar deur wordt geklopt stapt ze met enige tegenzin uit bed. Het is Juan. Olivia kijkt hem vragend aan. Door de aanhoudende hoofdpijn kost het samenstellen van een zin haar te veel moeite. Ze had gehoopt dat de pillen van eerder die ochtend afdoende zouden zijn om die hoofdpijn te verdrijven. Jammer genoeg blijkt dat niet het geval.

'Mevrouw Mancini heeft mij verzocht de lunch op uw kamer te serveren,' zegt Juan als antwoord op haar verbaasde gezicht.

'Lunch? Maar het is toch nog lang geen lunchtijd, Juan?' Juan zwijgt maar knikt met zijn hoofd naar de klok boven haar schrijftafel. 'Echt? Is het al half één?' Ze kan haast niet geloven dat het al middag is en dat ze nog steeds moeite heeft om uit bed te komen. Het voelt alsof ze de hele nacht heeft doorgehaald. Haar lichaam en haar ledematen, alles voelt brak.

'Dat klopt, Miss Olivia.' Een blik op de trolley maakt dat ze een lichte braakneiging voelt opkomen. Eten is wel het laatste waar haar lichaam blijkbaar behoefte aan heeft.

'Dat is lief van Marge, maar ik heb echt geen trek, Juan.' Wanneer ze de teleurstelling op zijn gezicht ziet voelt Olivia zich schuldig. Ze haalt daarom toch het deksel van de grootste schaal om er vervolgens nieuwsgierig een blik onder te werpen. 'Wentelteefjes! Nou, volgens mij is mijn eetlust terug van weggeweest. Heerlijk, Juan.' Er verschijnt zowaar weer een lach op zijn gezicht.

'En natuurlijk...' Hij houdt een mok dampende cappuccino onder haar neus.

'Je bent een engel, Juan. Dankjewel. Ik beloof niet dat ik het allemaal op zal krijgen, maar ik ga mijn best doen.'

'Dat het u mag smaken, Miss Olivia.' Ze bedankt Juan nogmaals hartelijk. Ze plaatst enkele droge crackers op een schaaltje. Met crackers en cappuccino keert ze terug naar bed. Terwijl ze rechtop in bed zit valt haar oog op de klok. Het is inmiddels kwart voor één. Olivia vraagt zich af waarom ze vandaag maar niet uit bed kan komen. Ze wil van alles, maar haar lijf en leden sputteren hevig tegen. Het lijkt alsof ze alles in het werk stellen om haar vandaag in bed te houden. Maar dat laat ze niet gebeuren. Ze hoopt stiekem dat de warme stralen van de douche wonderen zullen verrichten.

Na een half uur onder de warme douche voelt ze zich inderdaad iets beter. Olivia kleedt zich aan en brengt wat make-up op. De aanhoudende hoofdpijn baart haar enige zorgen. Ze neemt daarom nog een pilletje. Als lunch neemt ze een wentelteefje en drinkt nog wat water. Daarna sleept ze zichzelf eindelijk de kamer uit. De hele ochtend binnen was lang genoeg. Het is tijd om weer iets van het prachtige eiland te ontdekken. Ze stapt in de auto met de intentie om alle activiteiten op haar fictieve lijst af te werken. Maar nog voordat ze aan haar lijst begint is er iets dat ze als eerste moet afhandelen. Ze zet koers naar de haven.

❧

Het onverwachte bezoek van Julia maakt dat Alessandro een onrustige nacht heeft. Hij wordt meerdere keren wakker om vervolgens de haken op zijn voordeur te controleren. Ook checkt hij of zijn alarm goed is ingeschakeld. Die heeft hij de afgelopen maanden niet gebruikt, maar gisteravond gaf het inschakelen van het alarm met een nieuwe code hem een veiliger gevoel. Niet dat hij bang is voor Julia. Daarvoor bezit hij simpelweg te veel spiermassa en kracht. Niet dat hij ooit fysiek geweld tegen haar zou gebruiken. Dat zou hij een vrouw nooit aandoen. Alessandro vindt haar alleen zeer onberekenbaar. Julia is iemand die slecht tegen afwijzing kan, graag haar zin doordrijft en tot het uiterste gaat om te krijgen wat ze wil. Net als Bella zou ook zij gewoon de maffia inschakelen om een ex te intimideren. Deze gedachte voert hem weer terug naar zijn laatste maffe gesprek met Bella en maakt dat hij Julia snel vergeet.

Onderweg naar kantoor belt hij met Luca om hem bij te praten over de gebeurtenissen van de vorige avond. Ook Luca vindt het bezoek van Julia pure brutaliteit. Luca stelt voor om camera's te laten installeren bij zijn voordeur en in zijn woonkamer. Waar hij zelf ook niet aan heeft gedacht is dat Julia best een camera of recorder ergens in zijn huis geplaatst zou kunnen hebben. Luca oppert het idee om zijn huis door een elektronicabedrijf te laten inspecteren. Deze kunnen de kleinste recorders of camera's detecteren. Omdat Alessandro bijna op kantoor is besluiten ze dit later op de dag verder te bespreken en op zoek te gaan naar een geschikt bedrijf.

Op kantoor vervolgen Alessandro en Emilio hun zoekactie naar een vervangende interieurarchitect. Ze maken een top drie van interieurbureaus. Emilio zet bij deze drie bureaus meteen een offerteaanvraag uit. Luisa legt een nieuw dossier op zijn bureau.

'Maar eerst een espresso,' roept hij luid. 'Nog meer gegadigden voor koffie?' Alessandro kijkt de kantoortuin rond. 'Echt niemand? Ook goed.' Hij loopt de keuken in en activeert de espressomachine. Met zijn espresso keert hij terug naar kantoor. Hij wil zo snel mogelijk aan het nieuwe dossier beginnen. Opeens hoort hij een bekende stem bij receptie. Het is Olivia! Hij hoort aan de voetstappen dat Rafaella richting zijn kantoor loopt. Ze kondigt inderdaad aan dat Olivia er is. Alessandro geeft aan dat hij een paar minuten nodig heeft om zijn bureau te fatsoeneren, waarna hij haar zal ophalen. Rafaella knikt terwijl ze zijn lege bureau in zich opneemt. Zonder daar een opmerking over te maken loopt Rafaella zijn kantoor weer uit. Zodra ze uit zijn kantoor is voelt Alessandro een paniekaanval opkomen. Het liefst doet hij zijn stropdas af, maar dat is onprofessioneel en slordig. Hij loopt naar de keuken en haalt een fles koud water uit de koelkast. Hij drinkt in één teug de helft van de fles leeg.

'Toch niet weer?!' Alessandro draait zich om. Het is Luisa die de vraag stelt. 'Je kunt het echt niet maken om vandaag weer een hele dag te verdwijnen.'

'Rustig maar, Luisa. Jeetje, ik heb al stress genoeg van die Olivia.' Luisa kijkt hem vragend aan. 'Geloof me, ik zou je echt het hele verhaal willen vertellen. Aangezien jij een vrouw bent is jouw mening in deze heel wat waard.'

'Waar heb je het over Alessandro?' Luisa loopt naar de koelkast, haalt er een flesje water uit en overhandigt dat aan Alessandro. 'Hier, want je ziet er erg verhit uit.' Hij plaatst de koele fles in zijn nek.

'Heerlijk! Net wat ik nodig had.'

'Haal diep adem. Het is maar een vrouw. Als ze bijt, dan bijt je terug. Als ze blaft, dan blaf je terug. Als ze slaat, dan heb je een probleem, mijn vriend.' Haar woorden stellen hem op geen enkele manier gerust. 'Wat het ook is, jij bent een kei in het oplossen van problemen.'

'Je hebt gelijk, Luisa. Dankjewel.' Alessandro verlaat de keuken en loopt rechtstreeks naar de receptie.

'Olivia. Welkom.' Het lukt hem om vriendelijk en ontspannen over te komen.

'Goedemorgen.' Ze ziet er zoals altijd prachtig uit. Ze heeft een blauwe jurk aan met daaroverheen een geel satijnen jasje. Vandaag geen hakken, maar blauwe leren instappers. Die instappers maken dat ze een stuk kleiner oogt dan bij hun eerdere ontmoetingen.

'Als je mij wilt volgen?' zegt hij terwijl hij haar voorgaat richting zijn kantoor. Had hij nu maar Marina bij zich. Hij weet zich geen houding. *Moet ik zakelijk blijven? Moet ik mijn gevoelens prijsgeven? Aangeven dat ik haar mis? Wat?!* Zodra ze plaats heeft genomen doet hij de deur dicht. Hij vangt nog een laatste glimp op van Luisa's bezorgde en nieuwsgierige blik. Dat Olivia dit keer plaatsneemt geeft goede hoop. 'Olivia, wat kan ik vandaag voor je betekenen?' Zelfs in zijn oren klonk dat een beetje te zakelijk en afstandelijk, maar de bal ligt bij Olivia. Zij is aan zet. Hij moet geduldig afwachten. Ze kijkt hem een paar tellen bedenkelijk aan, alsof ze nu begint te twijfelen over haar beslissing om naar zijn kantoor te komen.

'Ik...' ze aarzelt en staart hem aan. Omdat ze blijft zwijgen besluit hij maar zijn kant van het verhaal te doen.

'Olivia, de afgelopen dagen zijn de meest fascinerende en tegelijkertijd de meest afschuwelijke dagen geweest die ik de afgelopen tijd heb meegemaakt.' Haar blik wordt vragend. 'Jou ontmoeten is het beste dat me in jaren is overkomen. Het feit dat je na mijn bekentenis zo furieus reageerde was een ware dolksteek. Je moet me geloven als ik zeg dat mijn bedoelingen oprecht waren en het niet mijn intentie was om je op een verkeerd been te zetten of je te overstelpen met leugens over mijn persoon.' Olivia staat op en loopt zijn kant uit.

'Ik ben degene die excuses moet maken. Het was in eerste instantie mijn fout. Jij hebt niets fout gedaan. Ik had je de kans moeten geven om jouw kant van het verhaal te doen, maar dat heb ik nagelaten. De humor van het hele voorval ging totaal aan me voorbij. Te druk met mijn eigen gekrenkte ego en de demonen uit mijn verleden. En daarom wil ik je een voorstel doen.'

'Een voorstel?' vraagt hij verrast.

'Ik ben bereid de opdracht voor Bellini Yachts uit te voeren. Daarvoor ben ik uiteindelijk naar Capri afgereisd. Maar meer dan mijn zakelijke diensten kan ik je niet bieden.'

'Wat bedoel je precies?'

'Dat dit een zakelijke beslissing is en dat er dus geen plaats is voor andere emoties. Voor mij is dit na Peter gewoon nog te vroeg. Ik dacht dat ik er klaar voor was, maar dat blijkt helaas niet het geval.' Alessandro moet even schakelen. Dit had hij niet verwacht. Hij had überhaupt niet verwacht dat ze ooit nog samen zouden werken. In ieder geval niet aan deze opdracht. Dat ze toch kiest voor een samenwerking is een positieve uitkomst. Hij vreest alleen dat het lastig wordt om dagelijks met Olivia samen te werken. Het uitschakelen van zijn gevoelens zal een uitdaging worden. Maar door haar op te nemen in zijn team heeft hij de zekerheid dat hij haar toch frequent kan zien en spreken.

'Als dat je voorwaarden zijn dan ga ik daarmee akkoord.' Hij steekt, als uiting van zakelijk akkoord, zijn hand naar haar uit. 'Kom, dan stel ik je voor aan de rest van het team.' Ze doen een rondje langs alle medewerkers. Daarna maken ze een eerste officiële werkafspraak voor vier uur die middag.

Na het vertrek van Olivia heeft Alessandro moeite om zijn aandacht bij het werk te houden. Gelukkig dat hij de voorgaande dag als een idioot zijn achterstand weg heeft gewerkt. Nu ze niet meer op zoek hoeven naar een nieuwe interieurarchitect heeft hij weinig in zijn agenda dat prioriteit behoeft, enkel het nieuwe dossier dat Luisa vanochtend op zijn bureau heeft gelegd. Hij belt Luca voor een gezamenlijke lunch in de haven. Voor Luca is het een kort ritje. Ondertussen gaat hij met het nieuwe dossier aan de slag.

28

'Hallo, hallo, hallo!'

'Luca! Jij hier?' Rafaella omhelst hem innig. Luca is kind aan huis en wordt, ondanks dat hij niet meer voor Bellini Yachts werkt, nog steeds beschouwd als onderdeel van het team.

'Rafaella, nog steeds zo'n schoonheid!' zegt hij overtuigend.

'Het kan niet waar zijn! Onze verloren broer is terug!' Ook Luisa springt enthousiast op vanachter haar bureau. 'Wat een verrassing.' Ook zij omhelst hem. 'Je moet echt vaker komen. Alleen Alessandro ziet je bijna dagelijks, maar wij krijgen je tegenwoordig zo weinig te zien.'

'De zaken gaan zo goed. En dat brengt tijdgebrek met zich mee. Ik zou echt vaker willen komen, maar het zit er soms gewoon niet in.'

'Hallo jongeman, wilt u de prachtige vrouwen op dit kantoor niet lastigvallen!' zegt Alessandro terwijl hij zijn kantoor uitloopt.

'Excuus, meneer Bellini. Het zal niet meer gebeuren,' zegt Luca alsof hij net een standje heeft gekregen.

'Kom jongen, we gaan lunchen.' Zonder zijn colbert aan te trekken loopt Alessandro, op de voet gevolgd door Luca, richting de voordeur.

'Dames, ik beloof jullie snel weer een keer langs te komen,' gilt Luca nog voordat de deur achter hem dichtvalt. Ze lopen richting de pier en kiezen een lunchroom uit waar de rij wachtenden acceptabel is. Tijdens het eten googelen ze naar een geschikt beveiligingsbedrijf dat de beveiliging in orde kan maken en ook het huis grondig kan doorzoeken. Ze lezen de nodige recensies en bellen voor nadere informatie. Na iets meer dan een uur research kiezen ze uiteindelijk voor het bedrijf met een nummer één positie wat betreft beveiliging. Ze hebben een uitmuntende reputatie waar ook een bijzonder prijskaartje aan hangt. Alessandro vindt het bedrag totaal niet opwegen tegen een veilig gevoel en het beschermen van zijn leven. Hij maakt een afspraak voor een installatie- en inspectiemoment in de loop van de komende week. Na de lunch haalt Luca bij een kiosk twee gigantische bossen bloemen. Deze geeft hij aan Alessandro mee om aan Luisa en Rafaella te overhandigen.

❧

Het voelt als een bevrijding. Alessandro excuses maken en zeggen dat hem niets te verwijten valt voelt beter dan ze zich vooraf had kunnen bedenken. Olivia is blij dat hij haar excuses heeft aanvaard. Dat hij onder haar voorwaarden de samenwerking wil voortzetten is meer dan ze had verwacht. Olivia weet dat niet alleen Alessandro maar ook zij het lastig krijgt met haar eigen voorwaarden. Samenwerken met Alessandro en tegelijkertijd haar hart op afstand houden is een onmogelijke opgave. Toch is dat wat ze van plan is, want haar hart opnieuw verliezen wil ze nu nog niet. Deze beslissing heeft niets te maken met het feit dat Peter nog de macht over haar hart heeft, want dat is absoluut niet het geval. Haar laatste gesprek met Joan heeft haar gedwongen anders naar de feiten te kijken. Met Alessandro wil ze niet te hard van stapel lopen. Hun samenwerking ziet ze als een nieuw begin. Wanneer hij in de tijd die komen gaat de ware blijkt te zijn, dan zal ze haar hart en ziel daarin volgen.

De eerste actie op haar lijst is afgehandeld. Ze heeft nog andere punten op haar fictieve lijst staan, maar ze voelt zich met de minuut beroerder. Toch gaat ze snel haar lijstje af. *Pizza eten? Geen honger. Een cocktail? Nee, veel te vroeg voor. Ice cream? Niet echt. De hoogste top? Absoluut niet! Shoppen? Totaal geen puf voor.* Voor nu voelt niets op haar lijst als een uitje of traktatie. Olivia weet dat het verstandiger is om terug te keren naar de villa. Ze stapt in de auto en zet koers naar Villa Excellence. Ze moet een paar keer hevig niezen waardoor de iets afgezwakte hoofdpijn weer langzaam de kop opsteekt. Van het vele snuiten begint haar neus zeer te doen.

～

Terug in de villa bestelt ze een pot muntthee. Juan belooft om het naar haar kamer te brengen. Olivia kan het niet laten en duikt snel het kleine boetiekje in de hal in. Ze draait aan de molen van de ansichtkaarten, op zoek naar een gepaste kaart voor deze dag. Het assortiment is schaars, maar uiteindelijk kiest ze er twee uit. De eerste is een veld vol bloemen, in allerlei kleuren, met daarboven een blauwe hemel met een stralende zon. De tweede is een onopgemaakt bed met daarop een boek en een blad met een theepot, een mok thee en een chocoladegebakje.

Op weg naar haar kamer overweegt ze de lift te nemen. Wanneer ze halverwege de trap is, betreurt ze haar keuze. De lift was zoveel sneller en minder inspannend geweest. Eenmaal op haar kamer schopt ze haar schoenen uit en plaatst een ansichtkaart op de schrijftafel. Op de salontafel heeft Juan een dienblad met daarop een pot muntthee neergezet. Ze schenkt een kop thee in en zet deze op het nachtkastje naast het bed neer. Zonder zich van haar kleding te ontdoen klimt ze in bed. Ze bekijkt de ansichtkaart met het onopgemaakte bed en de theepot erop. Ze pakt haar vulpen en schrijft op de achterkant:

Vrijdag 14 juni.
Bijna de hele dag in bed. Nog nooit zo beroerd geweest
tijdens een werkreis. Dit is de allereerste keer, ziek ti-
jdens het uitvoeren van een opdracht. Moet maar snel
herstellen. Wil geen minuut missen van dit prachtige
eiland, de eilandbewoners of van Alessandro.

Om Alessandro's naam tekent ze een hartje. Ze legt de kaart op haar nachtkastje, neemt een paar slokken thee en kruipt weer onder de dekens. Al snel valt ze in een diepe slaap.

⁓ℓℓ⁓

Er wordt op haar deur geklopt. Ze doet de schemerlamp aan die naast het bed staat . Wanneer ze probeert op te staan merkt ze dat alles zeer doet. Niet alleen haar hoofd klopt als een razende, maar haar benen zijn als verlamd. Met de weinige kracht die er nog in haar benen zit sleept Olivia zich naar de deur. Het is Marge.

'Olivia kind, je ziet er buitengewoon beroerd uit,' zegt ze enkel na een kritische blik op het gezicht en de gestalte van Olivia.

'Marge, ik voel me echt niet zo lekker.'

'Dat is je aan te zien.' Marge legt een hand op Olivia's voorhoofd. 'Kind, je bent gloeiend heet. Ga maar weer naar bed.' Olivia klimt weer in bed en wordt toegedekt door Marge.

'Hoe laat is het eigenlijk?'

'Het is over zessen.'

'Nee!'

'Dat is toch niet het einde van de wereld?'

'Ik had om vier uur een afspraak met Alessandro bij Bellini Yachts.'

'Dat is nu niet belangrijk, Olivia. Belangrijk is dat jij weer iets gaat opknappen.' Olivia werpt een blik op haar telefoon en ziet dat ze drie gemiste oproepen van Alessandro heeft. 'Die Alessandro komt later wel weer terug.'

'Was hij hier?' vraagt Olivia verbaasd.

'Hij is inderdaad langs geweest. Er is naar je kamer gebeld, maar er werd niet opgenomen. Hij is toen maar weer vertrokken.'

'Wat een blunder! Zo onprofessioneel is dit, Marge. Wat moet mijn nieuwe opdrachtgever niet van me denken? Al bij de eerste afspraak niet op komen dagen!'

'Kind, er zijn echt ergere dingen in de wereld. Hij zal het je vast vergeven, gezien de toestand waarin je verkeert.' Marge schenkt een verse kop muntthee voor haar in en geeft haar nog een paracetamol. 'En nu rustig die thee opdrinken en lekker gaan liggen. Ik kom straks weer bij je kijken.'

'Dankjewel, Marge,' zegt Olivia tussen twee niesbuien door. Olivia pakt haar mobiel en probeert het nummer van Alessandro op te zoeken, maar ze heeft zelfs geen kracht om haar mobieltje vast te houden. Enkele tellen later valt ze weer in slaap.

29

Olivia wordt wakker van geroezemoes in haar kamer. Langzaam opent ze haar ogen. Ze ziet wazig, maar Marge herkent ze direct. Wanneer haar zicht weer normaal is ziet ze naast Marge een man staan. Iets grijzend bij de slapen, ergens in de zestig, rond de één meter zeventig.

'Marge?'

'Olivia, ik heb de dokter laten komen.'

'De dokter? Waarvoor?'

'Kind, je bent zieker dan je je realiseert.'

'Hallo Olivia, mijn naam is dokter Valderano. Hoe voel je je?'

'Ik voel me goed.' Dokter Valderano werpt haar een kritische blik toe. 'Misschien een beetje moe.' Aan de informatie die hij van Olivia krijgt hecht dokter Valderano weinig waarde, aangezien hij aanstalten maakt zelf de noodzakelijke informatie te achterhalen. Hij haalt wat medische apparatuur uit zijn tas.

'Ik ga een paar testjes uitvoeren. Is dat oké?'

'Dat is prima, dokter, maar ik voel me alweer iets beter. Uw komst was echt niet nodig,' sputtert Olivia enigszins tegen. Maar de dokter laat zich niet weerhouden of wegsturen. Hij stelt haar een aantal vragen. Duizelig, misselijk, braakneigingen, koud, warm, benauwd. Olivia geeft, zij het met enige tegenzin, antwoord op alle vragen. Dokter Valderano neemt haar temperatuur op, meet haar bloeddruk en haar hartslag. Hij maakt enkele aantekeningen in zijn map en haalt een receptenboek tevoorschijn. Daarop krabbelt hij wat medische termen en overhandigt die aan Marge. Hij zegt iets tegen Marge maar Olivia kan het niet verstaan.

'Olivia, ik vrees dat je de komende dagen in bed moet blijven.'

'In bed? Hoeveel dagen precies?' Haar hoofdpijn begint weer lichtelijk op te spelen.

'Zolang als nodig is,' zegt de dokter met een strenge uitdrukking op zijn gezicht.

'Maar ik vlieg zondag terug naar Amsterdam!'

'Ik vrees dat ik een negatief reisadvies af moet geven. Jij mag zondag het vliegtuig absoluut niet in. Dat is al over twee dagen. Ik vrees dat je dan nog echt niet opgeknapt bent.'

'Een negatief reisadvies? Marge!' Marge legt net de hoorn van de telefoon weer neer. Ze had de receptie aan de telefoon. Er blijkt bezoek voor Olivia te zijn.

'Sorry, Olivia,' zegt Marge met iets van medelijden in haar stem, 'maar dokter Valderano heeft echt het beste met je voor.' Er wordt op de deur geklopt. Marge doet open. Het is Alessandro. Hij geeft Marge een kus op haar wang waarna ze elkaar hartelijk omhelzen. Olivia voelt zich schuldig dat ze hun eerste werkafspraak niet is nagekomen. Ze heeft het idee dat ze er vreselijk belabberd uitziet. Haar uiterlijk zal haar vandaag geen complimenten opleveren. Toch is ze blij om Alessandro te zien.

'Hé jongedame,' zegt hij terwijl hij haar een bezorgde blik toewerpt. Bij het horen van zijn lage stem krijgt ze het een stuk warmer. Voor de eerste keer vandaag lopen de rillingen niet meer over haar lijf. Waarschijnlijk is het allemaal schijn en denkt ze alleen maar dat zijn aanwezigheid haar herstel bespoedigt. 'Deze zijn voor jou.' Hij overhandigt haar een gigantische bos bloemen in de kleuren roze, rood en wit. De bos is zo groot dat ze moeite heeft het vast te pakken.

'Ze zijn prachtig! Dankjewel.' Olivia ruikt aan een roze roos. Door haar verstopte neus ruikt ze jammer genoeg helemaal niets. Toch zegt ze dat ze heerlijk ruiken. 'Had echt niet gehoeven.'

'Hier, geef die maar aan mij dan zet ik ze in een vaas,' zegt Marge terwijl ze tussen Alessandro en Olivia komt staan.

'Maar hoezo in bed?' vraagt hij bedenkelijk. 'Eerder vanmiddag had ik het idee dat je nergens last van had.'

'Ik hield me groot, maar had daarvoor de hele ochtend en een deel van de middag in bed doorgebracht. Bij het opstaan voelde ik al dat het een slechte dag zou worden. Sorry dat ik onze eerste werkafspraak niet ben nagekomen.'

'Dat is het laatste waar je je nu druk om hoeft te maken. Een nieuwe afspraak is zo gemaakt, dat is echt geen ramp. Gezondheid boven alles,' zegt Alessandro stellig.

'Je hebt gelijk. Eerst opknappen en dan zullen we weer over het werk praten.' Alessandro knikt bevestigend.

'Maar weet de dokter al wat het is, dokter?' Olivia moet, ondanks dat ze zich zo beroerd voelt, lachen om zijn woordspeling. Dokter Valderano komt naast het bed staan.

'Deze dame heeft ontstoken holtes. Een voorhoofdsholteontsteking welteverstaan. Waarschijnlijk heb je kougevat door het slechte weer van gisteren en een virus opgelopen.'

'Ik moet bekennen dat ik gisteren wel buiten op de veranda ben gaan staan toen het zo hard begon te regenen.' De dokter fronst zijn wenkbrauwen. 'Ik moest nodig even afkoelen.'

'En zie hier het resultaat. De koorts zal nog minstens een dag of vijf aanhouden. Zo ook de hoofdpijn. Van het niezen zou je nog best een week of twee last kunnen hebben. Let erop dat je de komende dagen veel drinkt. Het beste is om gewoon in bed te blijven en uit te zieken.'

'Ja dokter,' zegt ze zo braaf als een kind. Dokter Valderano loopt terug naar zijn tas en bergt er zijn medische apparatuur in op. Alessandro loopt naar haar toe en blijft naast haar bed staan. Zijn blik is bezorgd.

'Olivia, het spijt me, maar ik moet nog iets regelen. Ik beloof je dat ik later nog naar je toestand zal informeren,' zegt Alessandro terwijl hij zachtjes in haar hand knijpt. Olivia vindt het jammer dat hij alweer vertrekt. Blijkbaar moet hij terug naar kantoor. Ook de dokter vertrekt en drukt Marge op het hart om de medicijnen vanavond nog bij de apotheek te halen. Marge helpt Olivia met het verruilen van haar jurk voor een slaapjurk en stopt haar daarna weer onder de dekens. Ze belooft weer naar boven te komen zodra ze de medicijnen heeft.

<hr>

In de hal van Villa Excellence komt Alessandro zijn oude schoolvriend Pietro tegen. Pietro heeft een eigen bedrijf dat zich bezighoudt met het restaureren en onderhouden van gebouwen. Een van zijn klanten is Villa Excellence waar hij periodiek onderhoud verricht aan voornamelijk de buitenkant en de omliggende gebouwen op het terrein. Alessandro vertelt hoe de zaken er bij Bellini Yachts voor staan. Pietro vraagt ook naar Luca en de garage. Alessandro weet dat Pietro ook stiekem benieuwd is naar Bella. Hij is altijd al verliefd geweest op Bella, maar heeft dat nooit naar haar uitgesproken.

'Hoe gaat het met de rest van de familie?'

'De rest van de familie maakt het prima,' zegt Alessandro. 'Ook Bella doet het goed.' Alessandro gooit het er maar uit, want hij weet dat Pietro niet uit zichzelf naar Bella zal informeren.

'Ja, hoe gaat het met Bella? Nog steeds druk met prachtige kunst maken?'

'Die heeft het druk met haar werk, inderdaad. Veel opdrachten. Ik denk dat ze het leuk zou vinden een keer iets van je te horen.'

'Misschien dat ik haar een keer bel,' zegt Pietro iets terughoudend.

'Alessandro, goed dat je er nog bent.' De stem komt van ergens achter hem, maar hij weet dat het Marge is.

'Ja, ik kwam Pietro tegen.'

'Hallo, Pietro.'

'Hallo, Marge. Maar Less, ik ga weer verder. Goed je gesproken te hebben.'

'We spreken elkaar snel weer,' zegt Alessandro terwijl de heren elkaar omhelzen.

'Alessandro, ik heb een klusje voor je. Heb je er tijd voor?'

'Voor jou altijd, Marge.'

'Hier, zou je deze kunnen halen?' Ze houdt Alessandro een recept voor. 'Deze heeft Olivia namelijk nodig.' Bij het horen van haar naam bekruipt hem iets van hulpeloosheid. Hij vindt het naar dat Olivia aan bed gekluisterd is. Ze is allesbehalve de energieke dame die hij de dagen daarvoor heeft meegemaakt. Hij kan zich voorstellen dat Olivia het absoluut niet fijn vindt om zo afhankelijk te zijn en verzorgd te moeten worden.

'Natuurlijk, Marge. Ik ga meteen richting de apotheek.' Hij belooft Marge snel weer terug te keren met de voorgeschreven medicatie.

Onderweg naar de apotheek belt hij zijn moeder. Meestal gaat hij een paar keer per week bij haar en oma langs. Deze hele week heeft hij zich niet laten zien. Hij heeft zelfs verzuimd om te bellen en te informeren hoe het met ze gaat. Helaas moet hij bekennen dat hij gewoon te druk is geweest met zijn eigen leven. Maar nu heeft hij zowel zijn moeder als Nonna nodig. Hij is benieuwd of ze nog huismiddeltjes hebben om de klachten van Olivia iets te verlichten.

'Hallo, Alessandro,' klinkt er door de speakers.

'Hallo, mam. Hoe gaat het met jou en met Nonna?'

'Met ons gaat het goed, zoon. Luca is de afgelopen week wel een paar keer geweest, maar jou hebben we al dagen niet gezien. Je hebt het vast druk gehad de afgelopen dagen.'

'Ja, het was een gekkenhuis.'

'Ben je nog op kantoor?'

'Nee, ik ben onderweg naar de apotheek.'

'Ben je ziek, Alesso?'

'Niets aan de hand, ma. Met mij gaat het echt goed. Het is voor een vriendin. Ze heeft een voorhoofdsholteontsteking.'

'Die spullen van de apotheek helpen toch nergens tegen, Alesso. Kom maar hierheen. Nonna maakt wel een drankje.'

'Echt? Dank je, mam. Tot straks.' Op zijn moeder en Nonna kan hij altijd rekenen. Na zijn bliksembezoek aan de apotheek rijdt Alessandro richting de haven.

Nog geen half uur later staat hij op de stoep bij zijn moeder en Nonna. De twee dames ontvangen hem hartelijk.

'Alessandro,' zegt zijn oma terwijl ze zijn gezicht tussen haar twee handen neemt en hem een paar kusjes op zijn wangen geeft. 'Ik ben blij je te zien, jongen,' zegt ze met een grote grijns op haar gezicht.

'Ik ben ook blij u weer te zien, Nonna.' Wanneer oma hem eindelijk loslaat loopt hij richting zijn moeder. Ook van haar krijgt hij meerdere kusjes op de wangen. 'Sorry dat ik deze week niet vaker ben geweest.'

'Dat geeft niet, zoon,' zegt zijn moeder hoofdschuddend. 'We weten echt wel hoe hard je werkt en hoe druk je het hebt met de zaak.'

'Maar toch. Een half uurtje per dag moet ik kunnen vinden om langs te lopen mam. Jullie wonen om de hoek van de zaak.'

'Maak je niet druk, Alesso. Het is alweer goed. Maar vertel. Is iemand ziek?'

'Het is een vriendin van me. Ze is pas gearriveerd uit Amsterdam.'

'Hoe heet ze, Alesso?' vraagt oma geïnteresseerd.

'Ze heet Olivia.'

'Olivia? Wat een prachtige naam. Ze zal er vast net zo prachtig uitzien,' merkt zijn moeder op. Alessandro kan een glimlach niet onderdrukken.

'Ze is beeldschoon. Echt een kunstwerk.'

'Alesso, het klinkt alsof deze Olivia meer is dan een vriendin,' zegt Nonna met een nog grotere grijns dan toen hij het huis inliep.

'Wie weet waar deze ontmoeting ons brengt. Ze werkt voor ons aan de inrichting van de nieuwe cruiser. Dus ze zal nog een tijdje op het eiland blijven.'

'Alesso,' zijn moeder pakt zijn handen in de hare, 'jij verdient alle liefde in de wereld. En zo te horen en te zien is zij degene die je dat zal brengen. Ik heb er alle vertrouwen in, zoon.' Alessandro hoopt dat de woorden van zijn moeder spoedig zullen leiden tot een nieuwe start voor hem en Olivia.

'Helaas heeft ze een voorhoofdsholteontsteking opgelopen.' Nonna staat meteen op en gaat de keuken in.

'Laat het maar aan je oma over, zoon. Voordat je het weet is die Olivia van jou weer op de been.'

'Dat hoop ik, ma. Ze zou eigenlijk zondag weer vertrekken, maar ze mag van de dokter niet vliegen.'

'Dat heeft de dokter dan goed gedaan.' Terwijl Nonna druk bezig is, neemt Alessandro samen met zijn moeder de boodschappenlijst voor morgen door. Kleine boodschappen willen de dames vooralsnog zelf doen, net als koken en in de tuin werken. Toch brengt Alessandro ze wekelijks, meestal op zaterdag, grotere hoeveelheden water, sap, fruit, frisdrank, maar ook vlees, vis en groenten. Alessandro is blij dat het goed met ze gaat. Gezien hun leeftijd maakt hij zich vaak zorgen over hen. Zijn oma is tweeënnegentig en zijn moeder is zeventig. Maar ze zijn sterke vrouwen die een rijk en intensief leven achter de rug hebben. Ze vragen weinig. Ze vinden namelijk dat ze alles hebben wat hun harten begeren. En dat is voornamelijk een goede gezondheid en een gelukkig gezin. Zijn moeder heeft nog twee broers die in Napels wonen. Zo nu en dan verlangt ze ernaar om haar broers weer te zien en dan plant Alessandro een trip voor drie naar het vasteland. Meestal logeren ze dan bij de jongste broer. Hij heeft een groter huis met een enorme tuin. Maar het liefst blijven zijn moeder en oma op het eiland.

'Hier, jongen.' Oma loopt de keuken uit met in haar hand een thermosfles en een plastic bakje. 'In de thermosfles zit een warm drankje tegen de hoest en de kou. Het is een mengsel van gember, honing, ananas en een extra grote scheut rum. Ze moet het echt warm drinken. Wanneer het is afgekoeld dan weer een beetje opwarmen.'

'En in het bakje?'

'Kippensoep met kruidnagel, tijm, rozemarijn en peperkorrels voor extra pit. Ze zal het er warm van krijgen en er lekker van gaan zweten.' Alessandro bedankt de beide dames en zegt toe morgen de boodschappen in de middag af te leveren. Nonna herinnert hem eraan dat zondag het familiediner is. Dat is een familietraditie die door Nonna in het leven is geroepen. Minstens twee keer per maand komen alle Bellini's bij elkaar. Vooraf wordt met Nonna het menu doorgenomen. Alle zussen maken dan een gerecht dat op het menu staat en nemen deze mee naar het diner. Dat het familiediner over twee dagen is was Alessandro niet vergeten. Hij zegt toe dat hij er zondag zal zijn. Volgens oma had Luca al toegezegd. Alessandro moet hartelijk lachen. Waar lekker en veel eten is, is Luca altijd te vinden.

30

Olivia voelt zich ineens eenzaam nu iedereen haar kamer heeft verlaten. Nog steeds beroerd, maar eenzaam. Als ze heel eerlijk is mist ze vooral Alessandro. Hij was wel de laatste die ze aan haar bed had verwacht. Ze herinnert zich de gesprekken met Marge en met Luca over hoe zorgzaam Alessandro altijd is. Dat hij hier was en haar bloemen heeft gebracht bevestigt dat alleen maar. Olivia is meer dan dankbaar voor de gesprekken die ze met die twee heeft gevoerd. Vooral het gesprek met Luca heeft haar gedwongen anders naar Alessandro te kijken. Ze kent zichzelf als geen ander en ze weet dat ze best koppig kan zijn. Dat ze voor een keer haar ego opzij heeft gezet en haar fout openlijk heeft toegegeven heeft boven verwachting uitgepakt. Alessandro had toegezegd later nog van zich te laten horen. Ze hoopt alleen dat ze wakker en aanspreekbaar is wanneer hij belt.

Terwijl ze in afwachting is van Marge of het telefoontje van Alessandro besluit ze nog enkele taken op te pakken. Zo moet ze haar terugvlucht verplaatsen. Ook moet ze Alex en Joan laten weten dat ze nog minstens een week op Capri zal verblijven. Een nieuwe datum voor haar terugvlucht reserveren kan ze online doen. Daarvoor moet ze haar laptop aanzetten. Voor nu is dat iets te veel inspanning voor Olivia. Ook zou ze daarvoor uit bed moeten, aangezien haar laptop zich op de schrijftafel bevindt. Ze besluit Alex en Joan te bellen.

Ze belt eerst Alex, want met hem weet ze zeker dat het een kort gesprek wordt. Met Joan weet ze dat zo net niet. Precies op het moment dat Alex opneemt moet ze hevig niezen.

'Jeetje! Liv, mijn trommelvliezen!'

'Sorry, Lex.'

'Jij klinkt beroerd.'

'Ik lig ziek in bed.'

'Serieus? Tijdens een werkreis?'

'Serieus. De dokter is net geweest.' Ze snuit haar neus.

'In het hotel? Dat is niet mis.'

'Nee, ik voel me ook vreselijk beroerd.'

'Maar hoe beroerd is beroerd?'

'Ik heb een voorhoofdsholteontsteking. Kan wel een week of, als ik pech heb, iets langer duren.'

'Balen. Zo te horen wordt er wel goed voor je gezorgd.'

'Ja, de mensen hier zijn echt superlief. Ze behandelen iedereen als familie.'

'Nou, beterschap. Ik zal ma en pa...'

'Inderdaad vertellen dat ik me hier uitstekend vermaak. Het is hier zo goed toeven dat ik besloten heb nog iets langer te blijven!' Hoewel het gesprek met Alex kort was heeft het Olivia de nodige energie gekost. Toch wil ze Joan spreken omdat ze niet weet hoe ze er morgen aan toe zal zijn. Ze hoopt op beter, maar het kan ook stukken slechter gaan dan vandaag. Ze toetst het nummer van Joan in. Het duurt een paar seconden maar dan neemt Joan toch eindelijk op.

'Dag, Joan.'

'Liv? Jeetje, wat is er met je stem?'

'Ik ben een beetje ziek.'

'Een beetje? Je klinkt behoorlijk ziek. Ziekenhuis ziek.'

'Overdrijf maar weer eens.'

'Wat heb je dan?'

'Een voorhoofdsholteontsteking.'

'Daar kun je weken last van hebben, wist je dat?'

'Ja, dat zei de dokter net ook al. Marge, dat is de eigenaresse van de villa, had de dokter gebeld en verzocht langs te komen.'

'Maar dat betekent dat ik je zondag dus niet van Schiphol hoef af te halen?'

'Ik vrees dat ik mijn retourvlucht moet verschuiven naar een latere datum, want de dokter vertikt het om mij toestemming te verlenen om te vliegen.'

'Was het slecht weer dan op Capri? Ik heb het idee dat de zon er altijd schijnt.'

'Gisteren heeft het de hele dag geregend en gestormd.'

'En jij kon het weer eens niet laten om een van die regendansen van je te doen?'

'Ik heb echt nog geen vijf minuten in de regen gestaan, Joan.'

'Meer dan vijf minuten blijkt dus ook niet nodig om te zorgen dat je aan bed gekluisterd wordt. Die regendansen zijn echt niet onschuldig, Liv. Je moet er echt mee uitkijken. En nu?'

'Uitzieken maar. Maar ik heb wel bloemen gekregen.'

'Van?'

'Van meneer Bellini.'

'Terwijl je in bed lag? Dat was vast een fraai gezicht. Dus, jullie zijn weer maatjes?'

'Soort van. Ik heb mijn excuses gemaakt omdat ik hem ten onrechte van iets had beticht. Daarna heb ik toegezegd de opdracht gewoon uit te voeren op voorwaarde dat we de samenwerking zakelijk zouden houden.'

'En je denkt echt dat dat gaat werken?'

'Waarom niet?'

'Liv, serieus? Jullie voelen allebei dat er meer tussen jullie is. Het blokkeren van emoties werkt toch niet? Je voelt wat je voelt.'

'We zien het wel, Joan. Nu kunnen we toch niet werken, want ik lig nog minstens een week in bed.' Olivia neemt een slok van haar thee en snuit haar neus. 'Ik heb nog een nieuwtje.'

'Vertel, vertel, vertel!'

'Zuurpruim heeft me gebeld en de volgende dag werd ik gebeld door de vriendin van Zuurpruim.'

'Waarom vallen die mensen je lastig, Liv?'

'Nou, zuurpruim heeft een bungalowpark en wil dat ik de inrichting ga verzorgen.'

'Dacht het niet! En wat wilde mevrouw Zuurpruim?'

'Wacht even,' zegt Olivia waarna ze een paar keer niest. 'Ze is zwanger.'

'En wat moet jij daarmee?'

'Dat dacht ik in eerste instantie ook, Joan. Maar ze was in tranen en ik moest haar toch iets van aandacht geven.'

'Zie je, zo lief en warmhartig ben jij wel. Hopelijk houdt ze de baby en gooit ze die zure pruim in de prullenbak en niet andersom.'

'Precies.' En weer neemt Olivia een pauze om haar neus te snuiten. 'Nou, nou, nou. Ziek ben je zeker. Kijken of ik je nog kan opvrolijken.' Joan denkt enkele seconden na en begint dan te lachen. 'Deze is van Jeroen. Hij kwam afgelopen week met een verhaal dat zijn moeder had verteld dat zijn vader een leegloper was. En Jeroentje vroeg dus aan mij wat voor beroep dat was.' Olivia probeert te lachen, maar dat slaat al snel om in een hoestbui. 'Liv, kruip maar weer onder de dekens. Ik spreek je snel weer.' Ze zegt Joan, tussen twee hoestbuien door, gedag. Terwijl ze met Joan aan de telefoon was heeft Juan een trolley met enkele schalen warme gerechten naast haar bed neergezet. Maar ze heeft geen honger. Ze begint het weer iets kouder te krijgen. Juan heeft ook een pot verse gemberthee gebracht. Olivia schenkt zichzelf een kop in en neemt er een slokje van. Helaas krijgt ze het er niet veel warmer van. Ze kruipt daarom maar weer snel onder de dekens.

31

Voor de derde keer die dag rijdt Alessandro de parkeerplaats van Villa Excellence op. Met de natuurlijke geneesmiddelen van Nonna en de ontstekingsremmers van de apotheek loopt hij de hal van de villa binnen. Wanneer hij langs de boetiek loopt besluit hij er snel een kijkje te nemen. Hij vindt uiteindelijk iets wat Olivia misschien wel goed kan gebruiken. Op weg naar boven komt hij Marge op de trap tegen. Ze wil uiteraard weten of hij de medicatie bij zich heeft. Hij houdt de papieren zak van de apotheek als bewijs omhoog.

'Op jou kan ik rekenen, Alessandro,' zegt ze terwijl ze een klopje op zijn schouder geeft. 'Ik kom net bij Olivia vandaan. Ik wilde het niet zeggen, maar ze ziet er nog beroerder uit dan aan het begin van de avond. Ze heeft net een douche genomen en ik heb geprobeerd haar aan het eten te krijgen. Maar ze lust niets.'

'Ik heb van Nonna wat kippenbouillon meegekregen.'

'Daar gaat ze zeker van opknappen. Zorg dat ze, al zijn het maar een paar lepeltjes, er iets van binnenkrijgt.'

'Ik zal mijn best doen, Marge.'

'Ik reken ook nu weer op je.' Ze keert zich om en gaat de trap af. Hij klopt op de deur van Olivia's suite. Er komt geen reactie. Hij klopt weer, nu iets harder. Eindelijk hoort hij een schorre 'binnen'.

'Hallo?' zegt ze wanneer Alessandro de deur opent.

'Ik ben het, Alessandro.'

'Ik had je niet terugverwacht,' zegt ze iets verbaasd. 'Je had wel gezegd dat je later zou informeren naar mijn toestand. Ik dacht dat je bedoelde dat je zou bellen.'

'Nou, ik had van Marge de taak gekregen om je medicatie op te halen.' Marge had gelijk. Ze ziet bleker dan een paar uur geleden en de zweetdruppels dansen op haar voorhoofd. Haar ogen staan waterig en haar neus is helemaal rood uitgeslagen van al het snuiten.

'Echt? Heeft Marge je daarmee opgezadeld? Sorry daarvoor.' Haar stem klinkt schor, alsof ze dagen aaneen heeft gepraat.

'Het was echt geen moeite.' Hij gaat naast haar op de rand van het bed zitten terwijl ze met veel moeite probeert recht overeind te gaan zitten.

'Wat heb je allemaal bij je?' zegt ze terwijl ze naar alle pakjes en bakjes kijkt die hij bij zich heeft. Hij zet alles neer op de trolley die nog naast het bed staat.

'Dit zijn je medicijnen. Ontstekingsremmers en een hoestdrank. Dit is een bijzonder geneesmiddel, speciaal voor jou gemaakt door mijn oma. En hierin zit kippensoep met wat extra kruiden en specerijen die de verkoudheid zullen verdrijven, evenals de koude rillingen.' Hij reikt haar alvast een ontstekingsremmer aan om in te nemen.

'Ik heb het zo koud!' zegt ze bij het woord rillingen.

'Maar wat heb je aan?' vraagt hij zonder er verder bij na te denken. Ze kijkt hem geamuseerd aan. 'Zo bedoelde ik het niet, maar alleen je pyjama is niet voldoende. Je moet jezelf warm houden.' Hij loopt naar de badkamer en komt met een superzachte badjas terug. Hij slaat de badjas om haar heen en snoert hem dicht. De kraag doet hij iets omhoog. Uit de zak van de boetiek beneden haalt hij een paar bedsokken. Olivia kijkt hem verwonderd aan. 'Wil je die liever niet?' vraagt hij.

'Ja, die gaan zeker helpen. Lief dat je ze voor me gehaald hebt.'

'Mag ik?' Hij houdt de dekens iets omhoog. Olivia knikt bevestigend terwijl ze weer hevig begint te niezen. Hij slaat de dekens een slag om totdat haar benen zichtbaar zijn. Hij had niet gerekend op een paar blote benen. Hij ging ervan uit dat ze een hele pyjama droeg, maar dat blijkt dus niet het geval.

'Ik heb het koud,' zegt ze waarna hij snel de sokken aan haar voeten schuift en haar weer toedekt.

'Olivia, je moet echt iets eten. Hoe meer vitaminen je binnenkrijgt, hoe sneller je zult herstellen.'

'Doe dan maar een beetje van je oma's bouillon.' Hij is blij met haar keuze. Gelukkig geen droge cracker of iets. Hij schenkt wat soep in een kommetje. Ze neemt er een klein hapje van. 'Dat smaakt goed. Lekker zout en pittig.' Ze neemt nog een hap, en nog een. Terwijl ze aan het eten is belt hij naar beneden om een dekbed te vragen. Al snel wordt die door iemand van de huishouding gebracht. Hij plaatst het dekbed over de dekens die al op het bed liggen. Ze kijkt hem aan en er verschijnt zowaar een glimlach op haar gezicht.

'Wat?' vraagt Alessandro.

'Zo lief dat je hier de tijd voor neemt.'

'Als je zo ziek bent als jij bent, dan moet je gewoon verzorgd worden.'

'Ja, maar toch lief dat jij die taak op je neemt.'

'Ik doe het met alle liefde,' zegt hij terwijl hij zich vooroverbuigt en
spontaan een kus op haar voorhoofd geeft. Beide schrikken zichtbaar
van zijn actie. 'Sorry,' zegt Alessandro, 'dat had ik niet moeten doen,
maar het ging automatisch. Ik voelde de behoefte om je te troosten.
Maar de voorwaarden zijn dat we het zakelijk zouden houden.' Olivia
kijkt hem aan zonder daarop in te gaan.

'De soep is heerlijk.' Goede tactiek om van onderwerp te veranderen. Hij loopt naar de elektrische openhaard en doet deze aan. Na
de soep geeft hij haar nog een slok van de warme ananas-honing-gem-
berdrank van Nonna, waarna ze weer wat kleur op haar wangen krijgt.
Ze glijdt onder het dekbed. Hij kan zien dat ze moe is. Ze murmelt iets
over de citroenboom op het terras en haar gele auto. Alessandro kan er
geen chocola van maken. Langzaam zakt ze weg in een onrustige slaap.

Het is inmiddels iets over negen en ook hij heeft opeens enorme
trek. Van zijn moeder heeft hij een bak spaghetti carbonara meegekregen. Hij kijkt naar Olivia die wat onrustig heen en weer woelt. Maar ze
slaapt door. Hij gaat aan de salontafel zitten en begint aan zijn avon-
deten. Alessandro had in zijn stoutste dromen niet kunnen bedenken
dat deze dag ooit zou komen. Hij had niet verwacht dat Olivia hem
ooit nog zou vergeven voor die stomme Luca-grap. En het feit dat ze
toch nog samen wil werken is bijzonder. Nu zijn ze hier, samen op een
hotelkamer zonder dat ze er beiden bewust voor hebben gekozen. Een
samenloop van omstandigheden heeft dit op de een of andere manier
teweeggebracht. Hij neemt zich voor om voor haar te blijven zorgen
totdat ze beter is. Of totdat ze weer praatjes krijgt dat ze alles liever zelf

regelt. Hij moet lachen als hij terugdenkt aan hun eerste ontmoeting en haar opmerking over de taxi. Ja, mevrouw regelt liever alles zelf.

Hij gaat naast het bed staan en legt zachtjes een hand op haar voorhoofd. Ze voelt warmer aan dan eerder. Hij loopt naar de badkamer en drenkt een gastendoek met koud water uit de kraan. Deze legt hij rustig op haar voorhoofd. Ze rilt lichtjes. Terwijl hij naast haar op het bed zit valt zijn oog op een handgeschreven kaart die op het nachtkastje ligt. Hij keert de kaart eerst om, nieuwsgierig naar de voorkant. Daarna keert hij de kaart nogmaals om, nieuwsgierig naar de boodschap. Normaal gesproken zou hij zoiets nooit doen, maar deze kaart ligt er open en bloot. Zonder het op te pakken zou hij het evengoed kunnen lezen. De boodschap is in prachtige sierletters met een vulpen geschreven. Maar wat er staat kan hij echter niet ontcijferen omdat het in het Nederlands geschreven is. Wat hij wel herkent is zijn naam "Alessandro" met daaromheen een hart getekend.

Alessandro legt de kaart rustig terug, met de prent omhoog. Het zien van het hartje bij zijn naam in een door Olivia geschreven boodschap is voor hem de bevestiging waar hij naar op zoek was. Zonder een woord gesproken te hebben heeft Olivia antwoord gegeven op de vraag die hem al dagen tot waanzin drijft. Na haar bezoek van vanochtend op kantoor en haar zakelijk voorstel over samenwerking, was Alessandro totaal de draad kwijt. Ze kwam zo zelfverzekerd over, naar zijn idee zelfs een beetje gevoelloos. Alsof ze verdoofd was. Iets wat volgens Alessandro totaal niet bij haar karakter past. Althans niet bij het karakter dat hij nu al een paar keer van zeer dichtbij heeft mogen ervaren. Haar ongevoeligheid gaf hem het idee dat haar gevoelens voor hem zijn eigen verzinsels waren. Maar dit weerlegt alles wat ze die ochtend op zijn kantoor verklaard heeft. Die boodschap was niet oprecht. En dat ze gevoelloos op hem overkwam had vast alles te maken met het feit dat ze zich toen al niet lekker voelde. Maar nu weet hij zeker dat hij en Olivia dezelfde gevoelens voor elkaar koesteren.

De perikelen die hij een jaar geleden met Julia heeft meegemaakt zal hij in een relatie met Olivia nooit ervaren. Alessandro is overtuigd dat Olivia niet uit is op zijn fortuin. De boodschap dat ze haar eigen fortuin heeft en daarom geen gefortuneerde man nodig heeft, is duidelijk overgekomen. Weer moet hij lachen als hij terugdenkt aan hun gesprek tijdens de lunch over een maatje en haar eigen fortuin. Voor Alessandro is het onmiskenbaar dat Olivia zijn perfecte levenspartner is. Hij kijkt naar Olivia die nu rustig ligt. Hij wil haar zoveel zeggen en zoveel vragen, maar dat gaat nu niet. Hij onderdrukt de opwelling om een kus op haar voorhoofd te geven. Met een glimlach op zijn gezicht en met een verliefd hart loopt hij naar beneden en gaat op zoek naar Marge. Hij vindt haar in haar kantoor.

'Marge.'

'Alessandro, kom binnen. En hoe gaat het nu met haar?'

'Ze heeft iets gegeten en ze heeft haar medicatie ingenomen.'

'Dat heb je goed gedaan. Hoe vond je dat ze eruitzag?'

'Ziek of niet ziek, Marge, voor mij blijft ze een schoonheid.'

'Ja, ze heeft een prachtig gezicht. Ik kan niet anders zeggen. Maar goed om te zien dat jullie de ruzie weer hebben bijgelegd.'

'Daar ben ik ook blij om. Ik had het mezelf nooit vergeven als ze het eiland had verlaten zonder nog maar een woord tegen me gesproken te hebben.'

'Gelukkig is dat niet het geval. Jammer dat de omstandigheden niet anders zijn, maar nu blijft ze toch nog iets langer bij ons.'

'Zondag terugvliegen is nu inderdaad geen optie. Maar vind je het erg, Marge, als ik vannacht bij haar de wacht houd? Kijken hoe haar koorts zich ontwikkelt en zo?'

'Dat is niet eens zo'n gek idee, Alessandro. Ik zal zorgen dat er straks wat extra toiletartikelen naar de kamer worden gebracht zodat je je straks een beetje kunt opfrissen en ook morgenochtend wat spullen hebt.' Alessandro bedankt Marge en gaat terug naar de kamer. Olivia slaapt nog altijd. Hij legt een hand op haar voorhoofd die behoorlijk warm aanvoelt. Hij loopt met het gastendoekje naar de badkamer en drenkt het nogmaals met koud water. Wanneer hij het op haar voorhoofd legt kreunt ze lichtjes. Er wordt op de deur geklopt. Het is de huishouding met de beloofde spullen. Hij bedankt de huishoudster en legt de spullen in de badkamer. Hij dimt het licht enigszins en neemt plaats in de fauteuil naast het bed. Op zijn mobiel neemt hij het nieuws van de dag door.

32

Olivia wordt wakker met een droge en zere keel. Ze heeft meteen een hevige niesbui. Wanneer ze de kamer rondkijkt ziet ze Alessandro naast haar bed zitten.

'Je bent er nog!' Haar stem klinkt hees, waardoor ze amper verstaanbaar is.

'Iemand moet de zieke toch in de gaten houden?'

'Ik heb dorst.' Alessandro staat op en geeft haar een beetje van Nonna's gembermengsel. 'Lekker,' zegt Olivia. Ze had niet verwacht dat er nog iemand bij haar bed zou waken en al helemaal niet Alessandro. Zeker niet nadat ze zo boos op hem was geweest de afgelopen dagen. Ze heeft hem van alles verweten en voor van alles uitgemaakt. En toch is hij hier. Ze begint langzaam te beseffen dat Marge gelijk heeft. De liefde komt wanneer de liefde komt. Hij legt een hand op haar voorhoofd.

'Je gloeit helemaal. Hoe voel je je?'

'Ik heb het vreselijk koud. Is de openhaard nog aan?'

'Die brandt nog steeds. Ik zal voor de zekerheid je temperatuur meten.' De thermometer ligt op het nachtkastje naast haar bed. Hij loopt naar de badkamer en spoelt deze schoon. Olivia geeft aan dat ze de thermometer onder haar tong wil. Hij activeert de thermometer en wacht totdat het piept. '39,7! Dat is hoog. Hoeveel was het toen de dokter er was?'

'Rond de 39, denk ik. Ik weet het niet zeker.' Haar ogen worden waterig en ze begint een beetje te rillen.

'Olivia, misschien moeten we toch weer de dokter bellen.'

'Dokter Valderano had wel gezegd dat de koorts de komende uren en dagen kan toenemen. Als het langer dan vijf dagen aanhoudt of boven de veertig graden komt dan moet ik dat melden.'

'Oké. Over een uur zal ik weer een meting doen.' Olivia weet niet meer of ze hem wel bedankt heeft voor alles wat hij vandaag voor haar gedaan heeft .

'Alessandro, dankjewel dat je er bent.'

'Je bent meer dan welkom. Ik doe het graag.' Ze begint weer hevig te rillen.

'Heb je nog wat warme gemberthee voor me?' Hij schenkt haar een kopje van oma's magische verkoudheidsdrank in. Langzaam neemt ze een paar slokjes. Daarna glijdt ze weer onder het dekbed. Alessandro dimt het licht nog iets. Olivia kijkt hem aan terwijl hij naar de display van zijn telefoon staart. Het wordt tijd om toe te geven aan haar gevoelens voor en verlangens naar Alessandro. Ooit zal ze eerlijk moeten zijn waar het haar hart betreft. Al tijdens hun eerste oogcontact was er iets in hem dat haar niet meer losliet. Wat hij voor haar voelt heeft hij vanaf hun eerste kus niet ontkent. Haar gevoelens voor hem, evenals haar verlangens, overstijgen die van een vakantieliefde. Deze gaan veel dieper dan ze ooit voor iemand heeft gevoeld. Ze beseft dat ware liefde een kwestie van toegeven is. Je verzetten tegen Cupido is zinloos. De kou neemt toe en het rillen wordt heviger. 'Alessandro, is er nog een dekbed?' Hij staat op van de fauteuil en werpt een blik in de garderobekast. Helaas liggen er alleen twee kussens. Teleurgesteld kijkt hij haar aan.

'Sorry, die is er niet.'

'En de openhaard?'

'Die heb ik zojuist weer iets hoger gezet.' Alessandro pakt de thermometer. 'Ik denk dat we je temperatuur moeten meten.'

'Alweer?'

'De dokter zei dat je het in de gaten moest houden.' Ze doet haar mond open waarna Alessandro de thermometer onder haar tong plaatst. Na een paar seconden geeft het 39,9 aan. Olivia ziet aan zijn gezicht dat Alessandro zich zorgen maakt over haar verhoogde temperatuur. Hij kijkt haar vragend aan want het is aan haar of ze de arts wil laten komen. Voor nu wil ze rust en alleen zijn met Alessandro. Geen arts. Olivia gelooft er heilig in dat alles wat ze nodig heeft om te herstellen in haar kamer aanwezig is.

'Zou je iets voor me willen doen?'

'Alles wat je wilt.'

'Zou je me warm kunnen houden?' Hij kijkt haar vragend aan.

'Moet ik je warm wrijven?' Ze schudt langzaam haar hoofd.

'Kun je naast me komen liggen?'

'In bed?' Ze knikt.

'Olivia, weet je het zeker?' Ze knikt bevestigend. 'Weet je wel wat je vraagt?' Ze knikt nogmaals. 'Oké, als je het zeker weet,' zegt Alessandro terwijl hij haar nog steeds afwachtend aankijkt.

'Nog nooit ben ik ergens zo zeker van geweest. Wees niet bang, ik ben echt niet aan het ijlen. Ik heb het vreselijk koud. Misschien dat de warmte van jouw lichaam helpt tegen die kou. Dus zie dit als een zakelijk voorstel, een soort samenwerking om die koude rillingen te onderdrukken.' Alessandro kijkt haar nog steeds bedenkelijk aan, waarna hij hartelijk begint te lachen.

'Een zakelijk voorstel?'

'Ja, samenwerken,' herhaalt Olivia met een vage glimlach.

'Tegen deze vorm van samenwerking zeg ik geen nee!' Alessandro kleedt zich uit, slaat het dekbed om en stapt naast haar in bed. Onder het dekbed slaat hij zijn armen om haar heen en trekt haar zo dicht als maar kan tegen zich aan. Hij legt zijn hoofd tegen het hare en ademt diep in. Voor een moment vergeet Olivia hoe ziek ze eigenlijk is. Zijn lichaam voelt heerlijk warm. Precies wat ze nodig heeft. Samen in bed, wanneer je zo beroerd bent, voelt vele malen beter. Voor haar gevoel is de genezing nu eindelijk begonnen. Niet alleen de genezing van het virus. Ook de genezing van haar gebroken hart geeft toe aan een nieuwe en geruisloze start. Het rillen neemt langzaam af. Opgekruld in zijn armen en tegen zijn warme lichaam ervaart Olivia van heel dichtbij dat de liefde komt wanneer de liefde komt.

www.ingramcontent.com/pod-product-compliance
Lightning Source LLC
Chambersburg PA
CBHW021155160726
47994CB00001B/224